Powrót Rangera

Małe miasteczko. Wielkie kłamstwa. Jeszcze większe niebezpieczeństwo.

Caitlyn Lynch

Shenanigans Press

SPIS TREŚCI

Rozdział pierwszy

Pierwsza kropla deszczu rozprysnęła się gęsto na przedniej szybie, a Jason Hunter zaklął pod nosem. Liczył, że dotrze do Woodvale, zanim burza się rozpęta, ale wciąż miał jeszcze kawałek drogi. Pewnie nie powinien był się zatrzymywać po kawę, ale trasa ze Spokane na daleką północ Idaho była długa, a nuda dała mu się we znaki. Do tego ta koszmarna stacja z country — jedyne, co łapało tandetne radio w jego wynajętym aucie.

Westchnął, włączył wycieraczki i miał nadzieję, że deszcz się zbytnio nie nasili. Był już w gęstym lesie na zachód i południe od miasteczka i wiedział, że paskudna pogoda potrafi zwalić na drogę jedno z ogromnych sosen stojących przy poboczu. Przynajmniej o tej porze roku raczej nie powinno padać śniegiem; widywał tu śnieg w kwietniu nie raz, gdy dorastał, ale prognozy, które słyszał w radiu, zapowiadały tylko deszcz.

Zapadał szybki zmierzch, potęgowany przez kłębiące się burzowe chmury i wysokie, ciemne drzewa. Krople deszczu, spadające coraz gęściej, sprawiły, że włączenie świateł stało się absolutną koniecznością. Pstryknął przełącznikiem, mocniej nacisnął pedał gazu, przekraczając nieco dozwoloną prędkość. Od pół godziny prawie nie minął innego auta i wątpił, by kręcił się tu jakiś patrol, który mógłby go zatrzymać za szybką jazdę.

Znak Woodvale wyłonił się w świetle reflektorów jak zapraszająca latarnia. Uśmiechając się, Jason zdjął nogę z gazu i z ulgą zjechał z I-95, wiedząc, że zostało mu mniej niż dziesięć mil. Jeszcze kilka minut i będzie w przytulnym domku ciotki Rose — jedynym miejscu, które naprawdę uważał za dom.

Mignięcie po lewej zwróciło jego uwagę. Odwrócił głowę i zdjął stopę z gazu, unosząc ją nad hamulcem. Jeleń albo wapiti, które akurat teraz wyskoczy na drogę, mogłoby mu totalnie zepsuć dzień; tanie, małe auto z wypożyczalni nie miałoby szans w mocnym zderzeniu.

To nie był jeleń. To był człowiek — białe włosy mignęły w świetle, gdy postać wybiegła z lasu na szosę, prosto przed maskę. Jason wcisnął hamulec i odbił kierownicą, o włos mijając pieszego, gdy auto wpadło w poślizg na mokrej nawierzchni. Zaklął siarczyście i skontrował poślizg, w końcu odzyskując kontrolę i zatrzymując się z piskiem opon.

— Co do *cholery*? — powiedział Jason na głos, po czym wysiadł i spojrzał wzdłuż drogi. Zobaczył tylko coś, co wyglądało jak kłębek szmat, zwalony dokładnie na linii rozdzielającej oba pasy. Czy jednak ją potrącił? Dobiegł do kłębka i padł na kolana.

— Czy nic Pani nie jest? — zapytał, czując się głupio; wyciągnął rękę i położył dłoń na tym, co nagle wydało mu się bardzo kruche, szukając palcami tętna na szyi. — Czy Panią potrąciłem?

W nikłej czerwieni świateł hamowania niczego dobrze nie widział, nie potrafił ocenić stanu tej osoby. Dopiero gdy potoczyła się ku niemu i ujrzał postarzałą kobiecą twarz, a spękany głos wyszeptał;

— Pomocy. Proszę, niech mi Pan pomoże!

— Co to *właściwie*, kurwa, jest — powiedział Jason, gdy oczy staruszki się zamknęły; brzmiało to jednak bardziej jak stwierdzenie niż pytanie. Rozejrzał się, zastanawiając się, skąd, do diabła, się tu wzięła; o ile wiedział, w tej okolicy nie było żadnych domów, przynajmniej nie było ich, kiedy tu mieszkał. Te lasy stanowiły część ogromnych ostępów, od których Woodvale bierze nazwę, i karmiły miejscowy przemysł drzewny stałym dopływem solidnego drewna.

Nie miał wielkiego wyboru. Kobieta była ledwo przytomna, pojękiwała cicho, gdy szybko przesuwał dłońmi po jej kończynach, sprawdzając, czy nie ma złamań.

— Jak Pani ma na imię? — zapytał Jason nagląco, ostrożnie biorąc ją na ręce. Będzie musiał położyć ją na tylne siedzenie. Była drobną, delikatną kobietą; ocenił, że waży najwyżej ze siedemdziesiąt funtów — nic dla żołnierza przyzwyczajonego do dźwigania przez całe dni bojowego obciążenia znacznie cięższego niż to.

— Julia — wychrypiała, po czym nagle zaczęła się szarpać. — Psy! Słyszę psy!

Zaskoczony, Jason nastawił uszu, ale nic nie słyszał. — Nie słyszę żadnych psów, dobrze? Wsadzę Panią do samochodu i zawiozę do szpitala. — Otworzył drzwi i ostrożnie ułożył ją na tylnym siedzeniu. W skąpym świetle wewnętrznej lampki po raz pierwszy zobaczył, jak dziwnie wygląda.

Julia miała na sobie coś w rodzaju wojskowych spodni w kamuflażu woodland, o kilka rozmiarów za dużych, i podobnie obszerny oliwkowozielony T-shirt. Ciężkie buty na jej stopach były oblepione grubą warstwą błota.

Musiała mieć co najmniej osiemdziesiąt lat.

— Co tu się, do diabła, dzieje? Kim Pani jest? — zapytał Jason w kompletnej konsternacji, ale kobieta chyba zemdlała, ledwie dotknęła głową siedzenia. Sprawdził jej puls — wolny, ale mocny — i zdjął kurtkę, żeby ją przykryć. Była przemoczona i potwornie zimna.

Zajrzał do bagażnika, znalazł koc podróżny i dołożył go Julii. Najlepsze, co mógł dla niej zrobić, to jak najszybciej zawieźć ją do miasteczka — do małej przychodni, jedynej placówki, jaką Woodvale mogło się pochwalić. Przynajmniej Julia otrzyma tam pomoc, a jeśli sprawa będzie poważna, może uda się ją przetransportować śmigłowcem do większego szpitala.

Myśląc naprzód, zrozumiał, że powinien to zgłosić, zorganizować, by personel medyczny czekał na przyjazd. Wsiadł za kierownicę, pogrzebał w torbie szturmowej, którą cisnął w przedni podnóżek po drugiej stronie, szukając komórki.

— Brak zasięgu. Cholera! — Zerknął na Julię i skrzywił się, po czym stwierdził, że powinien jechać dalej, aż złapie sygnał, a wtedy się zatrzyma i zadzwoni. I tak zaoszczędzi czas, jeśli uda mu się ściągnąć personel medyczny prosto do przychodni. Odpalił auto i ruszył znów w coraz gęstszy deszcz.

— Julio, jest Pani ze mną? — zawołał Jason, gdy poczuł ruch za sobą. — Może Pani mówić?

— Psy — dobiegł z tylnego siedzenia słaby, przerażony skowyt.

— Nie ma żadnych psów. Zawiozę Panią do szpitala. Może mi Pani podać swoje nazwisko, Julio?

Nie odpowiedziała; przestawił lusterko, żeby na nią spojrzeć, i zobaczył, że ma zamknięte oczy. Trzęsła się, potężne dreszcze wstrząsały jej drobną sylwetką.

— Już niedaleko — obiecał, zerknął na telefon leżący na fotelu pasażera i z ulgą zobaczył jedną kreskę zasięgu. — Zatrzymam się i zadzwonię wcześniej, uprzedzę, że jedziemy. Za minutę ruszamy dalej.

Nie zareagowała, ale nie bardzo się tego spodziewał. Gdyby kiedyś znał numery do przychodni w Woodvale albo na komisariat, dawno już by o nich zapomniał, więc po prostu wykręcił 911.

— Służby ratunkowe Woodvale, jaki jest charakter zgłoszenia? — odezwał się po kilku sygnałach znudzony kobiecy głos.

— Zabrałem ranną kobietę, która błąkała się po lasach za miastem. Wiozę ją do przychodni. Proszę, żeby personel czekał na miejscu.

Głos dyspozytorki się wyostrzył. — Da się to zorganizować. Jakiego rodzaju są obrażenia?

— Dokładnie nie wiem — przyznał Jason — ale to starsza pani, przemoczona do suchej nitki i wykończona. Ubrana dziwnie i wygląda na wychudzoną.

Zapadła chwilowa cisza; zgadł, że został przełączony, podczas gdy dyspozytorka przekazuje informacje. Wróciła na linię po kilku sekundach.

— Dziękuję. Czy jest przytomna?

— W tej chwili nie, ale na moment była. Podała mi imię: Julia.

— Julia? — to był wyraźny okrzyk. — Julia *Bulridge*?

— Nazwiska nie zdążyłem poznać, przykro mi. Nie mówi składnie.

— A kim pan dokładnie jest? — W głosie zabrzmiało wyraźne podejrzenie, ale Jason nie miał nic do ukrycia.

— Jason Hunter.

Zapadła kolejna chwila ciszy, po czym na linii pojawił się inny głos, tym razem męski. Jason musiał się wsłuchać — deszcz teraz naprawdę walił, bębniąc o dach auta. Drugą dłonią zasłonił ucho.

— Proszę powtórzyć?

— Jest pan z TYCH Hunterów?

— Nie bardzo widzę, co to ma do rzeczy w tej chwili — warknął Jason. — Proszę po prostu ściągnąć personel do przychodni. — Rozłączył się i znów odpalił silnik. — Trzymaj się, Julio. Już blisko. — Odruchem spojrzał jeszcze w lusterko... i zesztywniał.

Tylne siedzenie było puste.

— Julio? — Zszokowany odwrócił się. Tylne drzwi po stronie pasażera były otwarte; musiała je otworzyć i wysiąść, kiedy zasłaniał ucho, rozmawiając z dyspozytorem. — Co do ever-loving *cholery*... — Cała ta sytuacja robiła się coraz dziwniejsza. Mimo to nie mógł jej tu zostawić, pośrodku niczego, nie w taką pogodę i w takim stanie, w jakim była. Znów zgasił silnik, chwycił telefon i włączył wbudowaną latarkę. Na zewnątrz było teraz piekielnie ciemno.

— Julio! — Jason omiatał światłem teren, wpatrując się w mrok. — Julio, wszystko w porządku! Chcę Pani tylko pomóc!

Nie słyszał nic poza deszczem, który lał jak z cebra i w kilka chwil przemoczył go do suchej nitki. Zawołał jeszcze kilka razy, ale jeśli weszła między drzewa i nie chciała, żeby ją znaleziono, nie miał szans, nie sam, ze słabym światłem z telefonu. Rzuciwszy okiem na tylne siedzenie, zobaczył, że zostawiła koc, ale zabrała jego kurtkę.

Przez chwilę się wahał, po czym zamknął tylne drzwi i wrócił do auta, jeszcze raz uruchamiając silnik. Wyglądało na to, że dyspozytorka wiedziała, kim jest Julia; możliwe, że to nie pierwszy raz, kiedy robi taki numer. Tak czy inaczej, najlepszym pomysłem było pojechać na komisariat, zgłosić sprawę osobiście i zorganizować odpowiednio wyposażoną pomoc, a do miasta miał już tylko kilka minut.

Komisariat policji i przychodnia stały obok siebie, naprzeciw ratusza, dokładnie tak, jak zapamiętał. W przychodni było ciemno, za to z komisariatu wabiły go światła i otwarte drzwi.

Burza przeszła, deszcz słabł; zaparkował, chwycił torbę i wszedł do środka. Siwiejący starszy mężczyzna w mundurze sierżanta uniósł na niego znużone spojrzenie znad biurka.

— W czym mogę Panu pomóc?

— Nazywam się Jason Hunter, dzwoniłem przed chwilą w sprawie starszej pani znalezionej rannej w lesie.

— Julia Bulridge? — Mężczyzna wstał, nagle jakby mniej znużony. — Gdzie ona jest?

— Nie wiem, czy to Julia Bulridge, wiem tylko, że Julia. I nie wiem, gdzie teraz jest, obawiam się. Znów uciekła do lasu.

Sierżant wycelował weń sękaty palec. — To ona?

Jason odwrócił się i zobaczył na ścianie naprzeciw biurka duży kolorowy plakat.

WIDZIELIŚCIE TĘ KOBIETĘ?

To na pewno była Julia, choć na zdjęciu wyglądała zdrowo i uśmiechnięta, a informacje pod spodem mówiły, że zaginęła nieco ponad tydzień temu.

— Tak, to ona! — Zaskoczony, Jason znów spojrzał na sierżanta. — Niewiele po zjeździe z I-95 wybiegła z lasu prosto pod koła. Omal jej nie potrąciłem. Była w kiepskim stanie.

— Ale znowu uciekła, a Pan nie zdołał jej dogonić? — Oczy sierżanta z niedowierzaniem przebiegły po sylwetce Jasona. W przemoczonym, czarnym T-shircie, który lepił się do torsu, jego potężna muskulatura była aż nadto widoczna, co Jason uświadomił sobie w tym momencie.

— Musiała dać nogę, kiedy rozmawiałem przez telefon z dyspozytorem — przyznał Jason, świadom, że brzmi to marnie. — Proszę mi wierzyć, nie mam powodu, żeby kłamać. Wysiadłem, wołałem ją, rozejrzałem się, ale skręciła w las. Zaczęło padać i jest tam teraz bardzo ciemno. Nie miałem latarki, nie mogłem skutecznie szukać, zwłaszcza jeśli z jakiegoś powodu chciała się ukryć. Uznałem, że najlepiej będzie wrócić do miasta i zorganizować porządnie wyposażoną ekipę poszukiwawczą.

— Bardzo rozsądnie, panie Hunter — odezwał się inny głos. Jason odwrócił się i zobaczył, że drzwi na końcu kontuaru otworzyły się bezgłośnie, a w progu stoi mężczyzna i mu się przygląda. Gwiazda na kieszeni zdradzała jego tożsamość.

— Szeryfie — Jason skinął uprzejmie głową.

— Lepiej, żeby przyszedł Pan do środka i powiedział mi wszystko. Zniknięcie Julii Bulridge traktujemy jako sprawę karną.

— Nie ma problemu, ale czy może Pan najpierw zacząć organizować poszukiwania? Mogę pokazać, gdzie byłem, kiedy wysiadła z auta...

Sierżant trzasnął mapą o blat i podał Jasonowi ołówek; temu zajęło zaledwie kilka sekund, by się zorientować, po czym zaznaczył na mapie X.

— Tutaj. Mniej niż mila od zjazdu z I-95, w promieniu stu jardów od miejsca, gdzie droga zatacza łuk wokół Copper Mountain.

— Taki Pan tego pewien? — zapytał szeryf, z cyniczną nutą w głosie.

— Dorastałem tu, w Woodvale, Szeryfie. Jestem pewien.

— W porządku. Zajmij się tym, Barker. — Szeryf skinął na sierżanta i gestem zaprosił Jasona, by poszedł za nim.

Jason znalazł się w gabinecie szeryfa i z grawerowanej mosiężnej tabliczki na biurku dowiedział się, jak mężczyzna się nazywa. Szeryf Thomas McCarthy. Wytężał pamięć, ale nie przypominał sobie żadnych McCarthy'ch w Woodvale; na oko miał około czterdziestki, dość młodo jak na tutejszego szeryfa. Niósł się z aurą cichej kompetencji, którą Jason doskonale rozpoznawał; widywał ją codziennie przez wiele ostatnich lat.

— Był Pan w wojsku, szeryfie McCarthy? — zapytał uprzejmie, rozglądając się po pokoju. Na ścianach nie było zdjęć, tylko wypchane łby zwierząt i brzydki obraz martwego jelenia, któremu wilki rozszarpują gardło. Niezbyt uspokajający widok i Jason miał nadzieję, że szeryf nie zwykł przesłuchiwać świadków właśnie tutaj.

— A skąd to pytanie?

— Ma Pan taką postawę, tyle — wzruszył ramionami Jason, zastanawiając się, czemu mężczyzna może być drażliwy na punkcie służby. — Tylko byłem uprzejmy.

— Marynarka — powiedział w końcu McCarthy, siadając za biurkiem i wskazując Jasonowi krzesło.

— Daleko Panu do oceanu.

— A Panu daleko do Atlanty, poruczniku Hunter. Co Pana sprowadza do Woodvale?

Jason lekko zesztywniał. — Skoro zna Pan mój *były* stopień — zaakcentował słowo — to wie Pan, że urodziłem się i wychowałem tutaj. Moja ciotka Rose jest chora. Przyjechałem ją zobaczyć.

— Były? Nie jest Pan już w Rangersach? — podchwycił McCarthy.

— Zgadza się. Cztery miesiące temu skończył mi się kontrakt, a mój były kapitan, który sam niedawno odszedł ze służby, zaproponował mi bardzo intratną posadę. Przyjąłem.

— W Atlancie? — Szeryf zerknął w ekran komputera, ustawiony pod kątem do Jasona. Ten był gotów się założyć, że ma tam odpaloną choćby odtajnioną część jego akt; zastanawiał się, jakie sznurki facet pociągnął, by tak szybko je zdobyć. Minęło najwyżej dwadzieścia minut, odkąd podał dyspozytorowi swoje nazwisko.

— W Guàlize, właściwie.

McCarthy zamrugał i wlepił w niego wzrok. — Guàlize?

Jason wzruszył ramionami. — Mój były kapitan z Rangersów ożenił się z córką prezydenta elekta. Pracuje dla rządu Guàlizjańskiego, szkoli oddział do zadań antynarkotykowych. Poprosił, żebym przyleciał pomagać w szkoleniu, i przyjąłem ofertę. Jak mówiłem, pieniądze są dobre.

— Czyli mieszka Pan w Guàlize... od jak dawna?

— Od czterech miesięcy.

— Rozumiem. — McCarthy chwycił długopis, otworzył notes i coś zanotował. Jason zacisnął zęby.

— To wszystko? Bo jeśli tak, chciałbym wrócić i dołączyć do poszukiwań Julii.

— Nie sądzę, panie Hunter. — McCarthy zmroził go spojrzeniem. — Długo Pana nie było. Proszę zostawić poszukiwania ludziom, którzy znają teren takim, jaki jest teraz. Znajdziemy panią Bulridge, jeśli tam jest.

Przez chwilę obaj mierzyli się wzrokiem w milczeniu, to była walka woli, po czym Jason westchnął i wstał.

— Jestem tu tylko w odwiedzinach u ciotki, Szeryfie. Mam nadzieję, że znajdziecie panią Bulridge. — Nie było sensu go drażnić, choć w środku kipiał z wściekłości na tę jawną opieszałość McCarthy'ego.

— Jak długo zamierza Pan zostać w Woodvale? — zapytał szeryf, wstając i idąc za Jasonem, kiedy ten opuszczał gabinet.

— Jeszcze nie wiem — odparł szczerze Jason. — Moja ciotka jest bardzo chora. Umiera. Mam zgodę od pracodawców, żeby zostać tak długo, jak będzie trzeba.

— Rozumiem. — Szeryf wyglądał na wyraźnie niezadowolonego z tej informacji. — Cóż. Proszę nie wyjeżdżać z miasta, zanim nas Pan nie poinformuje, panie Hunter. Jest Pan w końcu świadkiem.

Jason zacisnął zęby i skinął bez słowa. McCarthy po prostu działał mu na nerwy — tak to sobie tłumaczył. Komisariat, który wcześniej był spokojny, teraz tętnił jak ul: rozkładano mapy na biurkach, wchodzili mężczyźni wyposażeni w solidny outdoorowy sprzęt i wielkie latarki. Szeryf wyszedł naprzód, by przejąć dowodzenie operacją, ale nie spuszczał oczu z Jasona, gdy były żołnierz opuszczał budynek.

Wracając do samochodu z wypożyczalni, Jason wziął głęboki oddech i spróbował odpuścić złość. Bardzo chciał wziąć udział w poszukiwaniach, ale szeryf właśnie mu tego kategorycznie zabronił, a pójście tam samemu nie miało sensu i najpewniej skończyłoby się aresztowaniem. Zacisnął dłonie na kierownicy i pokręcił głową z frustracją. McCarthy miał jednak w jednym rację — minęło bardzo dużo czasu, odkąd Jason włóczył się po tych lasach. Na komisariacie było dość sprawnych ludzi, a w swoim osłabieniu Julia nie mogła zajść daleko. Znajdą ją — o ile wciąż żyła.

Odpalił silnik i postanowił wrócić na komisariat rano. Teraz czekała na niego ciotka Rose.

Rozdział drugi

Dom ciotki Rose pogrążony był w ciemności, kiedy zatrzymał się przed nim samochodem. Zmarszczywszy brwi, Jason zerknął do sąsiadów: w ich domu paliło się pełno świateł. Państwo Barclay mieszkali tam, odkąd był dzieckiem, i to właśnie pani Barclay zadzwoniła, żeby powiedzieć mu, jak bardzo ciotka Rose podupadła na zdrowiu.

— Jason Hunter, ależ miło cię widzieć — powitał go pan Barclay, otwierając drzwi na jego pukanie. — Wejdź, wejdź.

Zszokowało go, jak bardzo mężczyzna się postarzał, i z lekkim ukłuciem winy uświadomił sobie, że minęło blisko dziesięć lat, odkąd ostatni raz był w Woodvale. Ciotka Rose zawsze przyjeżdżała do niego, latała do Atlanty przynajmniej raz w roku na koszt Jasona, który bez wahania brał te wydatki na siebie.

— Dobrze cię widzieć. — Uścisnął dłoń pana Barclaya. — Hej. Nie wstawaj, proszę. Pani Barclay też się postarzała; o ile pamiętał uśmiechniętą, matczyną kobietę w późnym średnim wieku, o tyle teraz była już niewątpliwie w jesieni życia, z płukanką, która wybieliła jej włosy na niebieskawy odcień, a sprawne ręce miała powykrzywiane i delikatne. Podszedł do fotela, w którym siedziała wygodnie, z pledem na kolanach, i odruchowo pochylił się, by pocałować ją w policzek.

— Też się cieszę, że cię widzę, Jason. — Uśmiechnęła się do niego. — Ale obawiam się, że twoja ciotka źle się dziś czuje. Wpadłam do niej wcześniej, zaniosłam jej trochę obiadu... zjadła odrobinkę, ale chciała położyć się wcześniej. Nie powiedziałam jej, że przyjeżdżasz, tak jak prosiłeś.

— Nie będę jej dziś niepokoił — odparł Jason bez wahania. — Przenocuję w motelu, a rano wpadnę do niej.

— Mógłbyś zostać u nas, kanapa się rozkłada...

— Nawet bym nie śmiał. Dziękuję, naprawdę, ale i tak zrobiliście już dla ciotki Rose bardzo dużo. Nie wiedziałbym nawet, że jest chora, gdyby nie wy.

Rose nic nie wspomniała Jasonowi, kiedy lekarz powiedział jej, że te coraz dokuczliwsze bóle brzucha to skutek nieoperacyjnego, wolno rosnącego nowotworu. To pani Barclay napisała do niego list, informując, że ubezpieczenie Rose nie wystarcza na pokrycie kosztów leczenia i że rozważa sprzedaż domu. Jason był wtedy na misji w Afganistanie, nie mógł wrócić, ale natychmiast zadzwonił do Rose i kazał jej przestać martwić się rachunkami.

— Rose była dobrą przyjaciółką przez wszystkie te lata. — Pan Barclay mrukliwie zbył jego podziękowania. — Jesteś tu zawsze mile widziany — a kiedy Jason pokręcił głową — no to chociaż coś zjedz? Emma zrobiła pieczeń wołową i zostało jej sporo.

Na samą myśl burknęło mu w brzuchu, przypominając, że od obiadu minęło już sporo czasu, a pani Barclay roześmiała się. — Siadaj, a ja ci nałożę. Doskonale pamiętam twój apetyt, młody człowieku.

— Już nie jestem rosnącym nastolatkiem! — zażartował Jason, ale pozwolił im zaprowadzić się do stołu. Wkrótce przed nim stanął wypchany po brzegi talerz, a przy łokciu postawiono szklankę soku. Państwo Barclay zaparzyli sobie herbatę i usiedli, żeby dotrzymać mu towarzystwa. Między kęsami odpowiadał na pytania o pracę w Guàlize, a kiedy zabrakło im pytań, skorzystał z okazji, by zapytać:

— Co możecie mi powiedzieć o zaginięciu Julii Bulridge?

Oboje się spłoszyli. — Skąd o tym słyszałeś? — zapytał pan Barclay.

Jason musiał więc opowiedzieć im o spotkaniu ze staruszką na drodze. Przynajmniej nie wątpili, że to się wydarzyło — pomyślał z przekąsem, obserwując ich zszokowane reakcje i lawinę pytań. W końcu zdołał wrócić do pierwotnego pytania.

— Szeryf powiedział mi, że jej zaginięcie traktują jako sprawę karną. Dlaczego?

— Bo to szósta osoba, która zniknęła z Woodvale w ciągu pięciu miesięcy — odparł pan Barclay bez ogródek.

Co? Jason aż odchylił się na krześle z wrażenia.

— Bill, przesadzasz — zganiła go pani Barclay, kręcąc głową. — To nie tak, Jason. Naprawdę, to trzecia. Pierwszy był stary pan Ellis, może go pamiętasz? Jego rodzina ma sklep żelazny, kiedyś to on nim zarządzał.

Jason skinął głową z ustami pełnymi jedzenia. W liceum dorabiał u Ellisa, wykładając towar i dźwigając skrzynki. Staruszek był stanowczy, ale porządny: płacił uczciwie i dorzucał miły bonus na święta.

— Dwa lata temu dopadła go demencja, biedaczysko. Mieszkał z synem i synową, ale oboje pracują w sklepie, więc niełatwo było mieć na niego oko. Zaczął się włóczyć i pewnego dnia po prostu wszedł do lasu i już nie wrócił.

— W tym nie ma nic tajemniczego — rzekł Jason po przełknięciu. — Tragiczne, ale się zdarza.

— I dokładnie tak samo stało się niecałe trzy tygodnie później z Jenny Moreau, młodą kobietą z zespołem Downa. Poszła do lasu z bratem na grzyby i on ją zgubił. Nie znaleziono po niej śladu.

To już było trochę dziwniejsze. Jason odłożył widelec. — Zrobiono porządne poszukiwania?

— Z psami tropiącymi i całą resztą — przytaknął z namysłem pan Barclay. — Wiele osób wskazywało palcem na brata Moreau; jest jej jedynym opiekunem i to nie mogło być łatwe, ale ja tego chłopaka znam. Uwielbiał siostrę, nie skrzywdziłby jej nawet o włos. W szkole bił się w jej obronie, pilnował jej.

Pan Barclay uczył w liceum, prowadził przyrodę i matematykę, przypomniał sobie Jason. Skinął wolno głową, pamiętając, że starszy mężczyzna zawsze miał świetną intuicję do ludzi.

— A co z pozostałymi trzema zaginięciami? — zapytał. — Skoro mówisz, że Julia Bulridge jest tak naprawdę dopiero trzecia, a tamte dwa brzmią, szczerze mówiąc, dość wiarygodnie.

— Trójka nastolatków — odparła pani Barclay — dwóch braci Whitton i taki nicpoń Mark Martin. Jak dla mnie po prostu uciekli z domu. — Pokręciła głową. — Tego ich zniknięcia nie nazwałabym *podejrzanym*. Ukradli samochód!

— Tak, ale pomijasz to, że Mark Martin jest wnukiem Julii Bulridge — nie zgodził się z nią pan Barclay — i że narobiła sporo hałasu, upierając się, że on nigdy nie zniknąłby bez słowa do niej. Jej zięć to skończony nieudacznik, a córka jest naćpana po uszy przez pół czasu — powiedział do Jasona z dezaprobatą — więc nic dziwnego, że Mark nie jest wzorowym obywatelem. Ten chłopak kochał babcię i nie sądzę, żeby zniknął bez słowa do niej na całe trzy miesiące. Nawet nie zadzwonił.

Jason upił soku, zamyślony, rozważając to, co usłyszał. — Brzmi to dość dziwnie — stwierdził w końcu. — A Julia narobiła o to rabanu?

— Właśnie. Upierała się, żeby uznać go za osobę zaginioną i prowadzić sprawę jako karną. Codziennie siedziała w biurze szeryfa, susząc mu głowę i żądając, by policja kontynuowała poszukiwania. Dopóki sama nie zniknęła. Zadawała za dużo pytań, mówię ci — podsumował pan Barclay z decyzyjnym skinieniem głowy.

— Za bujna wyobraźnia — prychnęła pani Barclay, szturchając go. — Mówiłam ci, dostała wiadomość od Marka i poszła go szukać!

— I prawie uwierzyłem, że możesz mieć rację, aż do chwili, gdy Jason się tu zjawił i opowiedział nam, że widział ją w lesie w opłakanym stanie.

Na to pani Barclay nie bardzo miała co odpowiedzieć. Uniosła filiżankę i napiła się herbaty, z troską na twarzy. Jej mąż skinął głową — bardziej ze smutkiem niż triumfem — i zwrócił się z powrotem do Jasona.

— Zaginięcie Julii jest traktowane jako sprawa karna głównie dlatego, że w grę wchodzą pieniądze. Była dość zamożna, a jej zięć próbuje dobrać się do jej majątku.

— Co czyni go wyjątkowo podejrzanym — zauważył Jason.

— Jest głównym podejrzanym. Osobiście nie sądzę, żeby miał dość inwencji, by uknuć plan pozbycia się Julii — pokręcił głową pan Barclay. — I jaki idiota od razu ściągałby na siebie podejrzenia, próbując dostać się do jej kont bankowych, kiedy stało się jasne, że zniknęła? Nawet Tom Martin nie jest aż tak tępy.

— Chodziłem do szkoły z Tomem Martinem, był rok przede mną — powiedział Jason. Pamiętał dużego chłopaka, niezbyt lotnego, ale dobrego w sporcie, lubianego. Grał na pozycji linebackera w szkolnej drużynie futbolowej, kiedy Jason był quarterbackiem.

— To ten. Marnie szło mu w szkole i od tamtej pory niewiele zrobił ze swoim życiem. Zapłodnił córkę Bulridge'ów ledwie parę tygodni po tym, jak rodzina przeprowadziła się do miasteczka. — Pan Barclay pokręcił głową. — Szkoda. Miała tylko siedemnaście lat, była bystrą dziewczyną, ale po porodzie nie wróciła już do szkoły, żeby zdać maturę. Wpadła w narkotyki, żeby sobie radzić. Jaka strata.

Jason mógł tylko przytaknąć. Podziękował państwu Barclay za gościnę, ponownie odmówił skorzystania z rozkładanej kanapy i wyszedł. Motel był zaledwie przecznicę dalej, więc zostawił wynajęte auto przed domem ciotki i poszedł pieszo. Deszcz całkiem ustał, nocne powietrze było czyste i świeże, a wszędzie unosił się zapach mokrych sosen. Wciągnął go głęboko, rozkoszując się znajomą nutą w tle. Tęsknił za tym — uświadomił sobie, idąc ulicą długim, swobodnym krokiem. Zapach mokrych sosen zawsze już będzie dla niego zapachem domu.

Znudzony nocny recepcjonista wydał mu klucz do pokoju w zamian za przeciągnięcie karty kredytowej, a Jason wszedł do przydzielonego pokoju. Rzut oka wystarczył, by stwierdzić, że to w zasadzie kopia każdego innego pokoju motelowego, w jakim kiedykolwiek był: nijaki i bezduszny, choć czystszy niż wiele, w których zdarzało mu się nocować. Po prysznicu wsunął się do łóżka i włączył mały telewizor, zastanawiając się, czy w wiadomościach będzie coś o poszukiwaniach Julii, ale szybkie przeklikanie kanałów nie przyniosło niczego.

Długo nie mógł zasnąć, rozmyślając o dziwnych zaginięciach w Woodvale. Nękały go sny o przerażeniu Julii, o tym, jak z lękiem krzyczała o psach.

Psy. Podświadomość Jasona uczepiła się tej myśli i nagle obudził się zupełnie, gapiąc się w sufit. *Julia była przekonana, że ścigają ją psy.* Nie słyszał w lesie żadnych psów, ale to niewiele znaczyło przy takiej burzy.

Jason nie wiedział, co w tej myśli jest tak ważnego, ale nauczył się ufać intuicji; nieraz ratowała mu skórę w wojsku. Zanotował w pamięci, by zapytać o psy w lesie, kiedy znów porozmawia z panem Barclayem, i w końcu zasnął.

Bladoszare światło zaczęło sączyć się przez cienkie zasłony motelu. Westchnąwszy, Jason usiadł, spuszczając nogi z łóżka. Był zbyt przyzwyczajony do wczesnych pobudek, by odsypiać. Było za wcześnie, żeby iść do ciotki Rose czy zajrzeć do państwa Barclay, ale mógł przejść się do baru na śniadanie, coś zjeść i posłuchać rozmów. Ludzie na pewno będą mówić o poszukiwaniach Julii, nawet jeśli nie wspominali o nich w telewizji.

Bar śniadaniowy był ciepłą, jasną latarnią w ponury poranek, już pełen ludzi pochylonych nad naleśnikami i bekonem. Nikt nie przestał rozmawiać, gdy Jason wszedł; parę osób spojrzało w jego stronę, ale poza kilkoma ciekawskimi spojrzeniami nie doczekał się innej reakcji — takiej, jaką dostaje każdy obcy w małomiasteczkowym barze.

Zabiegana kelnerka skinęła, żeby wybrał stolik; zdecydował się na boks z tyłu, skąd widział większość sali. Skinął kelnerce uprzejmie, gdy stuknęła kubkiem o blat i nalała mu parującej czarnej kawy, po czym powiedział:

— Proszę tylko dolewać.

— Pewnie, kochanie. — Była, jak mu się wydawało, o kilka lat starsza od niego; miała ładny uśmiech i plakietkę z imieniem *Lulu*. — Śniadanie? — Kiedy skinął głową, przed nosem wylądowało laminowane menu, a ona pognała dalej uzupełniać komuś kawę. Jason popijał swoją i po cichu obserwował salę, przysłuchując się gwarowi.

Zgodnie z jego przypuszczeniami, głównym tematem rozmów była Julia — wszyscy mówili o jego wczorajszym zobaczeniu jej i o grupie poszukiwawczej, która podobno wciąż przetrząsała las. Jego nazwisko nie padało, co kazało mu się zastanowić, skąd wypłynęły plotki. Nie od szeryfa, dyżurnego ani dyspozytorki, którzy znali jego nazwisko.

Jason spokojnie wcinał jajecznicę, kiełbaski i pełnoziarnisty tost, gdy drzwi się otworzyły i do środka wszedł szeryf w towarzystwie dwóch umundurowanych zastępców. McCarthy rozejrzał się po sali, ich spojrzenia się spotkały i zapadła cisza.

Oho, pomyślał Jason, gdy cała trójka równym krokiem ruszyła w jego stronę. Odłożył widelec, upił łyk kawy i uśmiechnął się uprzejmie, kiedy policjanci stanęli przy jego boksie.

— Dzień dobry, szeryfie.

— Nie wiem, co do cholery wyprawiasz, ale pójdziesz z nami — warknął McCarthy z paskudnym grymasem na twarzy.

Jason mrugnął i sięgnął do kieszeni. Dwaj zastępcy odruchowo chwycili za broń.

— Spokojnie, chłopaki — powiedział cicho, pokazując dłonie i kładąc obie na stole. — Nie jestem uzbrojony. Tylko wyciągam portfel. Jeszcze nie zapłaciłem za śniadanie i na pewno nie zamierzam oskubać Lulu z napiwku. Zasłużyła.

— Zapłać za to cholerne śniadanie i ruszamy — warknął McCarthy. Jason powoli wyjął portfel i wysunął dwa dwudziestodolarowe banknoty; ponad trzykrotność ceny śniadania. Przygwoździł banknoty kubkiem od kawy, skinął Lulu, która patrzyła szeroko otwartymi oczami.

— Czy znaleźliście panią Bulridge? — zapytał głośno, podnosząc się z miejsca, wiedząc, że to pytanie, na które wszyscy czekają. Pomruk rozszedł się po sali, a szeryf odruchowo rozejrzał się dookoła.

— Tak, Hunter, znaleźliśmy. Znaleźliśmy ją *martwą*. W ogródku twojej ciotki.

— Och, no tak, to w ogóle nie wygląda jak ustawka — rzucił Jason sucho, przewracając oczami, co sprawiło, że McCarthy zawahał się tylko na moment.

— Jeśli to twoja linia obrony, prokurator będzie zachwycony — warknął. — Jason Hunter, jesteś aresztowany za zabójstwo Julii Bulridge. Odwróć się i połóż ręce na plecach.

Jasonowi niespecjalnie uśmiechała się perspektywa wyprowadzenia z baru w kajdankach, ale jeszcze mniej uśmiechało mu się ryzyko, że go zastrzelą za „stawianie oporu przy aresztowaniu". Spokojnie więc odwrócił się tyłem i podał nadgarstki do skuć, podczas gdy szeryf odczytywał mu jego prawa.

— Chcę adwokata — powiedział wyraźnie i głośno, tak by słyszała to cała sala — i korzystam z prawa do milczenia, dopóki nie zostanie mi przydzielony kompetentny obrońca. — Spojrzał na Lulu. Popatrzyła na parę dwudziestek pod jego kubkiem z kawą i skinęła głową; gdy policjanci wyprowadzali go z lokalu, kątem oka zobaczył, jak wyciąga komórkę z kieszeni fartuszka.

Na ten napiwek zdecydowanie zasłużyła. A fakt, że — oby — dzwoniła po prawnika dla niego, całkowicie obcego, mówił mu coś jeszcze.

Miasteczko nie przepadało za szeryfem McCarthym.

ROZDZIAŁ TRZECI

CARLA RAMIREZ MIAŁA JUŻ na liczniku dwie mile z trzymilowego biegu, do którego zmuszała się co najmniej dwa razy w tygodniu, kiedy zadzwonił telefon w kieszeni jej kurtki. Przez ułamek chwili rozważała, żeby biec dalej, ale i tak była wykończona. Zwolniła do marszu, jednak nie przestawała iść, żeby nie zesztywnieć. Było zimno i skoro nie zamierzała wracać do domu biegiem, musiała utrzymać żwawe tempo.

Wyciągnęła telefon z kieszeni i dźgała palcem w ekran zimnymi palcami lepkimi od potu, klnąc pod nosem, aż dotyk wreszcie zaskoczył i urządzenie się odblokowało, a ona odebrała połączenie. To nie był numer, który rozpoznawała, ale to rzadko bywało niezwykłe; jej numer był publicznie dostępny. Choćby na jej stronie internetowej.

— Adwokatka Carla Ramirez, słucham — powiedziała, starając się brzmieć rzeczowo, świadoma jednak, że jeszcze łapie oddech.

— Tu Lulu Jones, pani Ramirez — odezwał się głos, w którego przeszłości pobrzmiewało kilka tysięcy papierosów.

— Lulu. Carla nie przestała iść, ale przewróciła oczami. — Harry znowu wpakował się w kłopoty?

— Nie, u niego w porządku. Trzyma robotę w sklepie z paszą. Ale właśnie widziałam coś naprawdę dziwnego w barze. Słyszałaś już, że znaleźli ciało Julii Bulridge?

Nogom Carly odmówiły posłuszeństwa i niemal się potknęła, zatrzymując się, by oprzeć dłoń o płot mijanego domu. — Nie wiedziałam.

— Podobno w ogrodzie u starej pani Hunter. Ale najdziwniejsze jest to, że jej siostrzeniec wrócił do miasta i mówią, że to on zabił Julię. Szeryf właśnie go aresztował.

— Jasne. Carla nie widziała, co to ma z nią wspólnego. Rodzina Hunterów to kłopoty, których wolała nie dotykać. Za dużo pieniędzy, za dużo wpływów. Pamiętała tego siostrzeńca, chodziła z nim do szkoły. Popularny sportowiec, ale jak mgliście kojarzyła, wyjechał z miasta i wstąpił do wojska. — Przepraszam, Lulu... ale po co do mnie dzwonisz?

— Bo ten chłopak z Hunterów mówił, że ktoś mu to podrzucił. Głośno powiedział, jak zakładali mu kajdanki, że nie będzie gadał i że chce prawnika. Spojrzał mi prosto w oczy i zostawił solidny napiwek. Nie wiedziałam, co zrobić, więc zadzwoniłam do ciebie, pani Ramirez. Pomyślałam, że może podskoczysz na komisariat i pomożesz mu.

To nie trzymało się kupy. Lulu nie darzyła Hunterów sympatią; Philip Hunter, facet, który posiadał pół miasteczka, zatrudniał i zwalniał chyba każdego członka rodziny Lulu w pewnym momencie, łącznie z jej synem Harrym, który próbował — i nie dał rady — się odegrać, odwalając małą improwizowaną podpaleniówkę na jednej z należących do Philipa Huntera nieruchomości. Skończyło się to marnie. Harry odsiedział trzy lata w Cottonwood.

— Dlaczego jakiś Hunter miałby mnie potrzebować? — spytała zdezorientowana. — Philip ściągnie swoich drogich, wielkomiejskich prawników najpóźniej do południa. Nawet jeśli jego siostrzeniec zamordował Julię Bulridge, pewnie i tak zdołają go wybronić bez żadnych konsekwencji.

Była już prawie w domu, pot szybko zasychał na wychłodzonej skórze. Marzyła o gorącym prysznicu i jeszcze gorętszej kawie, zanim rzuci się w stertę papierów na biurku.

— On poprosił o prawnika, pani Ramirez — uparcie powiedziała Lulu. — I wiesz, że szeryf siedzi w kieszeni Philipa Huntera? Wyglądał na bardzo zadowolonego, kiedy zakładał temu chłopakowi kajdanki.

To już kompletnie nie miało sensu. Carla westchnęła i zamiast, po otwarciu drzwi frontowych, iść po schodach do łazienki, chwyciła kluczyki do samochodu. Zajechała na komisariat i po prostu sprawdzi, co się dzieje. Upewni się, że przestrzegają procedur.

Tym razem Jasona nie odprowadzono do gabinetu szeryfa — świątyni wypchanych zwierząt — tylko do gołego, małego pokoju przesłuchań. Wepchnięty na twarde metalowe krzesło przytwierdzone na stałe do podłogi, miał ręce pozostawione skute z tyłu. Szeryf usiadł, a dwóch pozostałych stanęło w rogach pomieszczenia i próbowało wyglądać groźnie.

Jasona to naprawdę nie ruszało. Siedział swobodnie, przyzwyczajony do trzymania prostych pleców i rąk założonych z tyłu. To była tylko siedząca wersja pozycji „spocznij", i tyle. Szeryf McCarthy próbował zmiażdżyć go wzrokiem, ale lepsi od niego polegli na tej taktyce. Jason zawiesił wzrok, przybierając „spojrzenie na tysiąc jardów", i czekał. Nie trwało to długo.

— Dlaczego zabił pan Julię Bulridge? — zaczął McCarthy.

Jason przewrócił oczami. — Oboje wiemy, że nic takiego nie zrobiłem. Gdzie mój telefon? Chcę adwokata.

— Otrzyma pan telefon, kiedy, do diabła, ja tak powiem!

— Czy Pan to w ogóle nagrywa? — Jason znacząco rozejrzał się po pokoju, patrząc w górne rogi. — Czy ta kamera w ogóle jest włączona?

— Jest włączona. — McCarthy widocznie zazgrzytał zębami.

— No, zawsze coś. To znaczy, że nie możecie mnie skopać i potem twierdzić, że stawiałem opór przy zatrzymaniu.

Przez moment myślał, że McCarthy naprawdę straci panowanie nad sobą i mimo wszystko mu przyłoży; facet położył obie dłonie na stole i półpodniósł się, purpurowiejąc ze złości.

Jeden z zastępców bardzo mało subtelnie odchrząknął i McCarthy zawahał się, po czym opadł z powrotem na krzesło, ciężko oddychając.

— Jeszcze pan pożałuje, że wrócił pan do Woodvale, Jason Hunter — warknął.

— Już żałuję, a nawet nie zdążyłem jeszcze zobaczyć się z ciotką.

McCarthy zamrugał, zmarszczył brwi i otworzył usta; przerwało mu ostre stukanie w lustrzaną szybę w jednej ze ścian pokoju. Zmarszczony, uniósł na nią wzrok i pokręcił głową.

— Idź sprawdź, co to. Ja tu, cholera jasna, prowadzę przesłuchanie...

W chwili, gdy zastępca uchylił drzwi, ktoś otworzył je na oścież i do środka wpadła drobna kobieta — żywy ogień.

— Nie jest Pan *wcale* w trakcie przesłuchania, szeryfie McCarthy, bo mój klient już Pana poinformował, że skorzysta z prawa do milczenia, dopóki nie będzie obecny jego adwokat. No więc jestem, a teraz niech Pan zdejmie mu kajdanki i wynosi się stąd!

Uśmiechając się szeroko, Jason patrzył, jak ta drobniutka kobieta objeżdża szeryfa, domaga się przeniesienia ich do prywatnego pokoju, gdzie będzie mogła porozmawiać z nim w zaufaniu, i rozkazuje zastępcom, żeby zdjęli kajdanki.

— Na pani odpowiedzialność, Carlo — warknął McCarthy, twarz miał buraczanoczerwoną od frustracji i wściekłości — jeśli skręci pani kark tak jak biednej Julii Bulridge!

Carla prychnęła szydercho. — Zaryzykuję. — Zerknęła przez szybę w drzwiach na Jasona, który siedział w nowym, nieobjętym monitoringiem pokoju przesłuchań, z dłońmi ułożonymi niegroźnie na stole. — Nie wygląda na aż tak niebezpiecznego.

— To były Ranger z armii, wyszkolony zabójca!

Pokręciła tylko głową z obrzydzeniem. — Niech się Pan, do cholery, odczepi i pozwoli mi porozmawiać z moim klientem, szeryfie. I niech Pan nawet nie próbuje przesłuchiwać go ponownie bez mojej obecności. — Nie czekając na potwierdzenie, otworzyła drzwi i przemknęła do środka, zamykając je za sobą zdecydowanym kliknięciem.

Jason podniósł wzrok, gdy prawniczka weszła do pokoju. Była naprawdę drobna, ocenił na oko przy framudze drzwi; może nieco ponad metr pięćdziesiąt, jeśli w ogóle. Miała na sobie strój do biegania, buty i legginsy, a na wierzchu rozpięty tylko do połowy wiatrówkę, długie czarne włosy spięte w koński ogon. Zastanowił się, czy telefon od Lulu nie przerwał jej porannego treningu.

— Dzięki, że przyszłaś — powiedział uprzejmie.

Na jej ustach przemknął ironiczny uśmieszek, gdy stanęła przy drzwiach, mierząc go wzrokiem. — To nie herbatka u cioci, panie Hunter. — Po wypowiedzeniu jego nazwiska wargi wygięły jej się tak, jakby poczuła w ustach coś niesmacznego.

— Proszę, mów mi Jason.

— Carla Ramirez. — Wysunęła krzesło po drugiej stronie stołu i usiadła z gracją. Rozpięła kieszeń wiatrówki i wyciągnęła telefon. Jason założył, że zacznie robić notatki, zadając pytania, więc cierpliwie czekał na pierwsze z nich.

Po minucie czy dwóch Jason spostrzegł, że marszczy brwi. Carla kompletnie go ignorowała. Wykorzystał ten czas, by przyjrzeć się jej twarzy, myśląc, że to bardzo ładna kobieta. Miała przejrzyste, miedziane oczy i miękki, złocisty odcień skóry, który zapewne nie był tylko opalenizną — w końcu przy nazwisku Ramirez. W Woodvale nigdy nie było wielu osób latynoskiego pochodzenia; nie pamiętał, by dorastał tu jakikolwiek klan Ramirezów. Może była tu nowa.

Metaliczny dźwięk, który doleciał mu do uszu, sprawił, że mrugnął. — Grasz *w grę* na telefonie? — zapytał z niedowierzaniem.

Carla zerknęła na niego. — Jasne. A niby co mam robić?

— Yyy... zachowywać się jak moja adwokatka? Zakładam, że naprawdę *jesteś* adwokatką?

Carla westchnęła i walnęła telefonem o blat. — Panie Hunter...

— Jason.

— *Jasonie*, oboje wiemy, że jestem tu tylko po to, żeby cię przypilnować, dopóki nie zjadą twoi drodzy, wielkomiejscy prawnicy — a wtedy będę mogła wrócić do roboty, czyli opiekowania się moimi *prawdziwymi* klientami.

Patrzyli na siebie: Jason kompletnie zdezorientowany, a Carla z pogardą. Jej wyraz twarzy powoli jednak przesuwał się ku zdumieniu, gdy powiedział:

— Carlo, nie wiem, za kogo dokładnie mnie uważasz, ale jesteś jedyną prawniczką, na którą liczę, choć nie znałem twojego nazwiska, zanim tu weszłaś.

— Jesteś Jasonem Hunterem, bratankiem Philipa Huntera, a wasza rodzina *rządzi* tym miastem —

powiedziała, ale ton miała już mniej napastliwy, brwi ściągnięte w zadumie.

— Chyba mamy tu jakieś nieporozumienie, Carlo. Mój wuj może i jest bogaty, ale ja na pewno nie. Nie będzie żadnych drogich prawników dla mnie. Mam nadzieję, że stać mnie na twoje stawki.

Carla patrzyła na niego jeszcze chwilę, jakby z samej jego twarzy chciała wyczytać prawdę. — Mówisz serio — stwierdziła w końcu. — Naprawdę nikt inny tu nie przyjedzie, żeby cię reprezentować?

— Nie pozwolono mi nawet wykonać tego jednego telefonu.

Carla parsknęła. — Jakby to cokolwiek zmieniło! McCarthy i twój wuj trzymają się jak łyse konie; Philip Hunter pewnie wiedział o twoim aresztowaniu, zanim się wydarzyło, i mógł wysłać tu swoją ekipę prawną, zanim kajdanki w ogóle zatrzasnęły się na twoich nadgarstkach!

— Nie chcę mieć nic wspólnego z prawnikami, których mógłby mi załatwić wuj. Pewnie byliby tak samo skorumpowani jak on.

Po raz pierwszy przez jej twarz przemknął szczery uśmiech, oczy rozbłysły, a Jason ze zdumieniem uświadomił sobie, że gdy się uśmiecha, jest naprawdę olśniewająca. — *Teraz* gadasz moim językiem, panie Hunter.

— Jason.

— To mów mi po prostu Carla. — Zawahała się na moment, po czym wyciągnęła drobną, smukłą dłoń nad stołem. — Miło cię poznać, Jasonie.

— Wzajemnie. — Puścił jej dłoń, pochylił się, opierając łokcie na stole, i dodał: — A teraz powiesz mi, co tu się, *do cholery*, dzieje? Wiem, że nie było mnie długo, ale naprawdę nie spodziewałem się, że Woodvale zamieni się w *Strefę mroku*, kiedy mnie nie było!

Rozdział czwarty

Carla złapała się na tym, że uśmiecha się na to pełne skargi pytanie Jasona. — Zastanawiałam się, czy sama nie wpadłam w jakąś alternatywną rzeczywistość, kiedy Lulu zadzwoniła i powiedziała mi, że siostrzeniec Philipa Huntera został aresztowany za zabójstwo Julii Bulridge. Uznałam, że musieli cię dosłownie złapać na gorącym uczynku.

Gdy Jason zmarszczył czoło w wyraźnym zamęcie i przetarł dłonią oczy, przyjrzała mu się uważnie, oceniając go na nowo. Z pewnością nie ubierał się jak bogacz, pomyślała; miał na sobie zwykły czarny T-shirt i sprane dżinsy. Widziała te marne rzeczy, które zdjęli z niego zastępcy, kiedy go przyprowadzali; w kieszeniach miał dosłownie tylko kluczyki do auta, portfel i telefon.

— Zimno ci? — zapytała nagle, jakby z przymusu. Pokój przesłuchań nie był wiele cieplejszy niż na zewnątrz, a tam ledwie dobijało do pięćdziesięciu paru stopni Fahrenheita. — Masz płaszcz albo coś, co mogłabym ci przynieść?

— Oddałem wczoraj wieczorem kurtkę Julii Bulridge. Zapewne już leży w worku z dowodami i posłuży do „udowodnienia" mojej winy — odparł sucho. — W porządku. Jestem dość zahartowany, ale dzięki za troskę.

Wyglądał na takiego, pomyślała, patrząc, jak mięśnie jego ramion i klatki poruszają się pod obcisłym T-shirtem, kiedy odchylił się na krześle i splecionymi dłońmi podeprł głowę. — Szeryf mówił, że jesteś rangerem? — zapytała.

— Byłem, tak. Wyszedłem jakieś cztery miesiące temu. Od tamtej pory jestem w Guàlize, pomagam tworzyć oddział do walki z narkotykami w tamtejszej policji, jako doradca cywilny. Dlatego naprawdę nie pojmuję, jak niby mieliby mi przypiąć zaginięcie i morderstwo Julii, skoro mogę ponad wszelką wątpliwość wykazać, że do USA wróciłem dopiero wczoraj rano.

Zorientowała się: — Chyba powinniśmy zacząć od początku. I powinnam naprawdę robić notatki. Daj mi minutę. — Podeszła do drzwi, otworzyła je i rozkazała jednemu z zastępców stojących na korytarzu, żeby przyniósł jej długopis i papier. Wiedziała, że proszenie na niewiele się zda, ale ton rozkazu sprawił, że mężczyzna stanął na baczność i popędził. Wrócił po paru minutach ze świeżym żółtym notesem i długopisem; podziękowała mu krótkim skinieniem i zamknęła mu drzwi przed nosem.

— No dobrze — usiadła i spojrzała znów na Jasona, dostrzegając, że obserwuje ją z rozbawionym uśmieszkiem. — Co?

— Jesteś maleńka i wyglądasz na jakieś dziewiętnaście lat, a jak mówisz *skacz*, to pytają *jak wysoko*. Byłaby z ciebie świetna oficerka.

— Wojsko nigdy nie było w moich planach zawodowych — ale uśmiechnęła się mimo woli na ten kom-

plement. — I mam dwadzieścia siedem lat, dziękuję bardzo. Gdybyś chciał sprawdzać moje kwalifikacje, mam dyplom prawa ze Stanfordu i od dwóch lat należę do Idaho
State Bar Association.

— Stanford — Jason uniósł brwi, skinął z uznaniem. —
Co robi w Woodvale prawniczka po Stanfordzie?

— Tu dorastałam. To mój dom.

— Nie pamiętam cię — stwierdził, ale ona miała
dwadzieścia siedem lat, była więc od niego o trzy lata
młodsza. Carla uśmiechnęła się kątem ust, widząc, jak robi
to w głowie rachunek.

— Za to ja ciebie pamiętam. Prymus, król balu, kapitan drużyny futbolowej, wybrany Najbardziej Skazany
na Sukces. Z West Point też podobno wyszedłeś z samą
czołówką. A jednak opuściłeś Rangersów tylko jako pierwszy porucznik, w wieku trzydziestu lat? — rzuciła mu
znaczące spojrzenie.

— Zaproponowano mi awans na kapitana, ale odrzu-
ciłem go, żeby odejść — powiedział Jason bez cienia zraże-
nia. — Awansów w Rangersach też się nie rozdaje na lewo i
prawo. Samo zaliczenie szkoły Rangerów oznacza, że jesteś
najlepszy z najlepszych.

— Dlaczego właściwie zrezygnowałeś? — Powinna była
pytać go o sprawę, nie o niego samego, ale była szczerze
ciekawa. Było w nim coś takiego; łatwo było go sobie
wyobrazić jako przywódcę ludzi, nawet tych twardych jak
stal komandosów z Rangersów.

— Pieniądze. — Miał niebieskie oczy, jasne i spokojne,
gdy spiął spojrzenie z jej oczami. — Rachunki medyczne
ciotki Rose są słone. Praca w Guàlize płaci ponad dwa razy
tyle, co zarabiałbym nawet jako kapitan.

— *To ty* płacisz jej rachunki medyczne?

— Na pewno, kurwa, nie mój wujek! Przepraszam za słownictwo.

Carla zbyła jego przeprosiny machnięciem ręki, niewzruszona. — Nie miałam pojęcia.

— Znasz moją ciotkę?

— Znam. — Carla zawahała się. — Jest moją klientką.

— To by znaczyło, że ty i mój wujek średnio się dogadujecie. — Jason uśmiechnął się do niej. — Wiedziałem, że jest powód, dla którego cię lubię. Czym go wkurzyłaś — i czemu taka mądra dziewczyna jak ty wciąż tu siedzi, gdzie może ci zrobić z życia cholernie nieprzyjemny dzień?

Carla wbiła w niego wzrok. Jason odwzajemnił spojrzenie, ciekaw, czy odpowie. To ona pierwsza spuściła oczy, podniosła długopis i zdjęła zatyczkę.

— Myślę, że lepiej, żebyś opowiedział mi krok po kroku, gdzie byłeś od chwili, gdy wczoraj przyjechałeś. Mam nadzieję, że będę mogła zacząć budować ci alibi.

Jak na zmianę tematu — trafiona. Jason cicho westchnął i skinął głową, choć wciąż chciał znać odpowiedzi na swoje pytania; i jak Carla zdołała wkurzyć jego wujka, i czemu wciąż tu tkwiła.

— Dwa dni temu zadzwoniła do mnie pani Barclay, sąsiadka ciotki — zaczął — żeby powiedzieć, że jej stan się pogorszył. — Nagle naszła go straszna myśl i poderwał się z krzesła. — O Chryste. Czy ciotka Rose wie, że tu jestem, że mnie aresztowali? Jeśli ciało pani Bulridge znaleziono na jej podwórku...

Carla wyciągnęła dłoń, dając mu znak, by się uspokoił. — Jason, nie znam odpowiedzi na te pytania i nie możesz wyjść, żeby się dowiedzieć. Chcesz do niej zadzwonić? — przesunęła w jego stronę swój telefon.

Chwycił go, ale zawahał się przez moment i postanowił zadzwonić do państwa Barclayów zamiast do ciotki. Odebrał pan Barclay.

— Jason! Dobry Boże, chłopcze, co tu się, do licha, dzieje?

— Ktoś mnie wrabia — odparł po prostu. — Czy z ciotką Rose wszystko w porządku?

— Emma jest teraz z nią. Nawet nie wiedziała, że jesteś w drodze, nie mówiliśmy jej — to był dla niej spory szok, obawiam się.

Jason ścisnął nasadę nosa, z bólem zmrużył oczy. — Jest tu ze mną prawniczka, Carla Ramirez.

Barclay wychwycił niewypowiedziane pytanie. — Możesz jej ufać. Nie jest na niczyjej smyczy.

— Dobrze to słyszeć — Carla posłała mu przez stół cyniczne spojrzenie. Jason odwrócił wzrok i skupił się na rozmowie. — Nie zrobiłem tego, o co mnie oskarżają, wiesz o tym.

— Oczywiście, że wiem — odparł szorstko Barclay. — Nie martw się o swoją ciotkę, Jason. My jej dopilnujemy. Ty tylko wydostań się stamtąd jak najszybciej.

— Dziękuję, proszę pana — powiedział szczerze Jason, po czym zakończył połączenie. Odsunął telefon z powrotem w stronę Carli, a ta schowała go do kieszeni.

— Sprawdzasz mnie? — rzuciła.

— Ktoś w tym miasteczku próbuje mnie wrobić w morderstwo. Rozsądnie się upewnić, że nie grasz z nimi w jednej drużynie, nie uważasz?

Skinęła na to głową i znów chwyciła za długopis. — Dobrze. Czyli pani Barclay zadzwoniła, żeby powiedzieć, że stan twojej ciotki się pogorszył. Co zrobiłeś potem?

— Poszedłem do szefa, który od razu dał mi bezterminowy urlop, żebym poleciał do domu i się nią zajął. Znamy się od dawna; był moim kapitanem w Rangersach. Jest mężem córki prezydenta elekta Guàlize. Zapewniam cię, jest kilkaset osób, które mogą potwierdzić, że byłem w Guàlize aż do przedwczoraj, więc nie ma mowy, żebym miał coś wspólnego z zaginięciem pani Bulridge dziesięć dni temu... a może to już jedenaście.

— Skąd wiesz, kiedy zniknęła? — Carla stawiała szybkie stenograficzne znaki w notesie.

— Widziałem plakat na komisariacie, a u Barclayów trochę o niej porozmawialiśmy, kiedy wczoraj wieczorem wpadłem do nich do domu i z czystej ciekawości zadałem parę pytań, bo okoliczności były dziwne.

— Dobrze. Potrzebuję kontaktu do twojego przełożonego w Guàlize...

Podał wymagane informacje, a na koniec dorzucił jeszcze numer do pułkownika Brody'ego Cullane'a, dowódcy jego dawnego pułku Rangerów. Na wypadek gdyby potrzebny był nienaganny świadek charakteru.

— Poleciałem do Dallas i złapałem przesiadkę do Spokane. Na miejscu wziąłem samochód z wypożyczalni. Odcinki biletów mam w torbie w pokoju w motelu.

Długopis Carli zamarł nad kartką. — Pokój w motelu? Nie zatrzymałeś się u ciotki?

— Nie. Znalezienie Julii na drodze i zameldowanie o tym na komisariacie sprawiło, że było już dość późno, kiedy dotarłem do jej domu, a wszystkie światła były zgaszone. Poszedłem więc do Barclayów obok. Zaprosili mnie na noc, ale wolałem pojechać do motelu, nie chciałem się narzucać. Zjadłem z nimi kolację, pojechałem do motelu, zameldowałem się i poszedłem do pokoju. Rano wstałem, poszedłem do knajpki i jadłem śniadanie, kiedy McCarthy ze swoją Brygadą Oprychów się pojawił.

— Myślałam, że nocowałeś u ciotki — zakręciła długopis w palcach i spojrzała na niego uważnie. — I sądzę, że szeryf też tak myśli, sądząc po gadce, którą słyszałam na open space'ie. To, że byłeś w motelu, może ci dać solidne alibi. Kamery monitoringu obejmują wszystkie drzwi do pokoi i nie ma żadnych tylnych wyjść.

— Lepiej jedź tam i zdobądź kopię nagrań, zanim zorientują się, że spędziłem tam noc i wszystko cudownie zniknie — rzucił Jason półżartem, ale gdy Carla nałożyła skuwkę na długopis i odsunęła krzesło, by wstać, uświadomił sobie, że traktuje go serio. Że to nie paranoja.

— To nie paranoja, jeśli naprawdę chcą cię dopaść, co? — skwitował z ironią.

— Obawiam się, że tak. Postaram się, żeby przenieśli cię do celi, zanim wyjdę, ale naprawdę muszę jak najszybciej potwierdzić twoje alibi. — Posłała mu drobny uśmiech. — Wyciągniemy cię stąd, Jason. Poszli na skróty, aresztując cię zamiast po prostu wezwać na przesłuchanie; jeśli znajdę te nagrania, spróbuję doprowadzić do umorzenia zarzutów jeszcze dziś wieczorem.

— Dziękuję. — Wstał razem z nią, uświadamiając sobie, jaka jest naprawdę drobna, kiedy górował nad nią wzrostem. Nie był olbrzymem, miał ledwie metr siedemdziesiąt osiem, ale ona była naprawdę maleńka. Spojrzała na niego i uśmiechnęła się odrobinę szerzej, a on nie mógł się powstrzymać i powiedział:

— Uważaj na siebie, Carla. Naprawdę nie chciałbym, żeby przez mnie coś ci się stało.

Poważniała i skinęła głową. — Będę. Ty też. Nic nie mów policji. Po prostu trzymaj język za zębami, dopóki nie wrócę.

— Nie dałoby się załatwić kawy? Najlepiej takiej bez arszeniku.

— Zobaczę, co da się zrobić. A teraz lepiej usiądź, bo jeszcze stwierdzą, że próbujesz kogoś zastraszać.

Nie był wcale taki wysoki, brakowało mu może z osiem centymetrów do wzrostu szeryfa McCarthy'ego, ale szerokie ramiona, wojskowa, wyprostowana postawa i spokojne, niebieskie spojrzenie razem robiły z niego naprawdę onieśmielającego faceta. Jakoś wcale się go jednak nie bała. Choć biło od niego pewne niebezpieczeństwo, wrażenie uwięzionej siły, gotowej w każdej chwili eksplodować w działanie, równocześnie emanował uspokajającym opanowaniem, przy którym czuła się bezpiecznie.

Jason powoli uniósł brew. — Czy ja cię onieśmielam?

— Ani trochę — odparła szczerze. — Ale mam wrażenie, że ten, kto próbuje cię wrobić, powinien bardzo, bardzo uważać na plecy.

Uśmiechnąwszy się, usiadł z powrotem i położył dłonie na stole. — W tej sprawie powołam się na Piątą Poprawkę.

— I dobrze, bo naprawdę nie chcę wiedzieć, co planujesz. A potem? — zatrzymała dłoń na klamce i posłała mu spiskowy uśmieszek. — Cóż, jeśli będziesz potrzebował prawnika, zadzwoń do mnie.

Zastępcy nie mogli pojąć, czemu chichocze pod nosem, gdy wrócili, by znów zakuć go w kajdanki i odprowadzić do celi. Carla zażądała, żeby osadzono go samodzielnie.

— Twierdzicie, że złamał kobiecie kark gołymi rękami i chcecie go wrzucić do wspólnej przechowalni? Dajcie spokój. Albo stanowi zagrożenie dla otoczenia, albo nie.

Nie wyglądało, by mieli ochotę się z nią wykłócać — Jason zresztą też by nie chciał — a on sam również podejrzewał, że wspólna cela to zły pomysł. Facet oskarżony o zamordowanie starszej pani byłby tam celem, i choć nie martwił się o własne zdrowie, konieczność obrony i ewentualnego zrobienia komuś krzywdy w niczym by mu nie pomogła.

— I przynieście mu kawę. Tylko nie ten wasz paskudny sik z open space'u. Idźcie do Melissy obok i weźcie mu porządną kawę.

Zastępca wyciągnął rękę; Carla przewróciła oczami. — Wyglądam, jakbym miała przy sobie torebkę? Przerwaliście mi jogging, bo odruchowo poszliście na skróty. Przynieście mu kawę, a potem się z wami rozliczę.

Siła jej osobowości była taka, że mężczyzna niemal stanął na baczność. — Jaką kawę pan sobie życzy... proszę pana? — dodał, gdy Jason posłał mu twarde spojrzenie. Carla zachichotała w pięść.

— Czarna, podwójne espresso, dwie łyżeczki cukru — powiedział Jason. — Dziękuję, zastępco Allen. — Przeczytał nazwisko na plakietce i skinął mu z aprobatą. Jak oficer szeregowemu.

Allen zdjął kajdanki jeszcze zanim wprowadzili Jasona do celi, a gdy kratę zamknięto, spuścił głowę i wyglądał na skruszonego. Carla odprawiła obu mężczyzn gestem, a Allen pospieszył, zapewne po kawę dla Jasona. Podchodząc do krat, Carla wyciągnęła dłoń i położyła ją na jego ręce zaciśniętej na metalu, czym go zaskoczyła.

— Trzymaj się, Jason. Wrócę, jak tylko będę mogła.

Jej palce były chłodne i lekkie; wspomnienie dotyku zostało długo po tym, jak odeszła, a on został sam ze swoimi myślami.

ROZDZIAŁ PIĄTY

CARLA NIE MOGŁA PRZESTAĆ myśleć o Jasonie, gdy wyszła z komisariatu i ruszyła ulicą w stronę motelu. Wiedziała, że pewnie powinna pojechać do domu, wziąć prysznic i przebrać się w coś bardziej profesjonalnego, ale ten przekorny wyraz jego twarzy, kiedy powiedział —*To nie paranoja, jeśli naprawdę próbują cię dopaść*—, nie dawał jej spokoju, a słowa wciąż pobrzmiewały w jej głowie.

To było dziwne, pomyślała, gdy pośpieszała w stronę motelu, przyspieszając kroku i znów przechodząc w trucht, że ani przez sekundę nie zwątpiła w jego zapewnienie o niewinności, jeszcze zanim powiedział jej o alibi. To nie tylko dlatego, że wcześniej zetknęła się z przekrętami szeryfa; było w samym Jasonie coś, co wzbudzało jej zaufanie.

Oczywiście, pewnie wcale nie zaszkodziło, że naprawdę miło się na niego patrzy, pomyślała z przekąsem, skręcając w boczną uliczkę prowadzącą do motelu. Krótkie, ciemnobrązowe włosy, te jasnoniebieskie oczy i głęboka opalenizna od gorącego guàlizeańskiego słońca podkreślały rysy twarzy, może nie klasycznie przystojnej — była niemal pewna, że nos miał złamany co najmniej raz — ale o bezsprzecznie szorstkim uroku.

Zachowaj profesjonalizm, Carlo, zganiła się surowo. *On jest twoim klientem i potrzebuje, żebyś myślała głową, a nie libido!*

Surowa samonapominajka nie powstrzymała jej jednak przed myślą, że kiedy już oczyści go z zarzutów, mogłaby zaprosić go na kawę. Otrząsnąwszy się z tej zbłąkanej myśli, weszła do recepcji motelu i stuknęła w dzwonek na ladzie.

— Już momencik! — zawołał głos z zaplecza, ale minęło dobrych kilka minut, zanim kobieta w średnim wieku wyszła i stanęła za ladą. Wyglądała na zmęczoną i roztrzęsioną, ale zdołała posłać Carli drobny uśmiech.

— No proszę, dzień dobry, panno Ramirez. W czym mogę pomóc?

— Na początek mów mi Carla. — Carla przybrała najprzyjaźniejszy wyraz twarzy i uśmiechnęła się. — Nora, prawda?

Kobieta skinęła głową, odwzajemniając uśmiech. — Zgadza się. To z czym mogę ci pomóc, Carlo?

— Nagrania z monitoringu z zeszłej nocy. Miałaś gościa, którego oskarżono o przestępstwo, ale twierdzi, że całą noc był tutaj. Chcę rzucić okiem.

— Jasne — Nora wzruszyła przyjaźnie ramionami. Najwyraźniej nie słyszała jeszcze o znalezieniu ciała Julii, pomyślała Carla. Nora otworzyła małe boczne drzwiczki za ladą i skinęła, by weszła. — Chodź tędy, przewinę ci to. Wiesz, o której przyjechał?

— Miałaś wczoraj dużo gości? — spytała Carla z ciekawością.

— Cóż, sezon łowiecki. Myślę, że mamy teraz z pięciu, którzy zostali właśnie na to. I jeden facet, który zajechał wczoraj wieczorem, pan Hunter... to twój?

— Tak — przyznała.

— Fajny był, prawdziwy dżentelmen — przytaknęła Nora. — Co on zrobił?

— Nie mogę o tym rozmawiać, Noro. Tajemnica klienta, rozumiesz... i jestem niemal pewna, że i tak tego nie zrobił.

— Jasne. — Nora wzruszyła ramionami, ani trochę nieprzejęta unikaniem odpowiedzi. Usiadła przed komputerem i podniosła stos papierów z drugiego krzesła, żeby Carla mogła usiąść. — Przyjechał chyba koło dziewiątej. — Sięgnęła po myszkę. — To zobaczmy.

Nora pomyliła się o niespełna dziesięć minut. Znacznik czasu pokazywał 20:51, gdy masywna sylwetka Jasona pojawiła się w kadrze, wchodząc na podjazd motelu z torbą podróżną przerzuconą przez ramię.

— Jest — mruknęła Carla, patrząc, jak jego obraz rośnie, gdy zbliża się do kamery. Po kilku sekundach zniknął z kadru, a Nora przełączyła widok na kamerę wewnątrz biura recepcji.

Obie kobiety oglądały nagranie w milczeniu, gdy Jason rozmawiał z Norą, wypełnił formularz i podał kartę kredytową do przeciągnięcia, po czym w zamian dostał klucz do pokoju.

— Dałam mu Pokój 31 — powiedziała Nora, po czym lekko się zarumieniła. — Właśnie po remoncie, nowiusieńkie łóżko i wszystko, najładniejszy pokój, jaki mamy. Powinnam doliczać za niego więcej, ale był taki miły, że ja... nie.

Carla ukryła drobny uśmiech. — Mówił, że spało mu się tu bardzo wygodnie — skłamała, wywołując u Nory szerszy uśmiech i jeszcze głębszy rumieniec.

— No cóż. Zapłacił tylko za jedną noc, ale mam nadzieję, że wróci. — Kliknęła myszką. — I masz szczęście, bo jedna z kamer jest niemal idealnie skierowana na drzwi Pokoju 31.

— Rzeczywiście — mruknęła Carla, patrząc, jak Jason podchodzi do drzwi, wchodzi do pokoju i zamyka je za sobą. Zapaliło się światło i wyraźnie zobaczyły go stojącego przy oknie obok drzwi, rozglądającego się przez kilka chwil. Usiadł na łóżku, idealnie widoczny dla kamery, zdjął buty i ściągnął koszulę przez głowę.

Obraz nie był może najostrzejszy na świecie, ale obie kobiety dobrze przyjrzały się gęsto wyrzeźbionej muskulaturze jego klatki i ramion.

— O rany — powiedziała Nora, a jej rumieniec rozlał się na całą twarz. — Myślisz, że on...?

Carla bardzo by chciała, ale w tym momencie Jason wstał i podszedł do okna, żeby zaciągnąć zasłonę.

— Och — powiedziała Nora wyraźnie rozczarowanym tonem, a Carla zachichotała.

— No już, już. Wiem, że to był piękny widok, ale naprawdę nie powinnyśmy *chcieć* być podglądaczkami.

Nora też się roześmiała, trochę zawstydzona. — Masz rację, oczywiście. — Odjęła dłonie od zarumienionych policzków i znów sięgnęła po myszkę. — Skoro mówi, że całą noc siedział w pokoju, to możemy przewinąć...

Ustawiła odtwarzanie na dziesięciokrotne przyspieszenie i w milczeniu patrzyły, jak za zasłoną gaśnie światło. W kadrze nie było żadnego ruchu aż do świtu, kiedy obraz zaczął się rozjaśniać. Zasłona została odsunięta niedługo potem; Nora natychmiast zwolniła odtwarzanie do prędkości rzeczywistej i tym razem zobaczyły umięśnione plecy Jasona, gdy odchodził od okna w stronę łóżka, otworzył torbę, wyciągnął czysty T-shirt i wciągnął go na siebie. Kilka minut później wyszedł z pokoju, znikając z kadru po prawej, w stronę oddaloną od biura. Nora wybrała z powrotem kamerę na podjeździe i ostatnim obrazem Jasona było to, jak odchodzi od motelu w kierunku dineru.

— To wygląda na całkiem jednoznaczne — powiedziała Carla.

— Z tych pokoi nie ma wyjścia poza drzwi i okno od frontu — przytaknęła Nora. — Potrzebujesz kopii?

— Poproszę. Wszystko, powiedzmy, od ósmej wczoraj do ósmej dziś rano? To w zupełności obejmie czas, który Jason spędził w motelu.

Nora otworzyła szufladę w biurku i wyciągnęła pendrive, po czym wpięła go do komputera. — Kopiowanie potrwa kilka minut. Kawy?

— Brzmi cudownie — przyznała Carla. — Chyba że odrywam cię od pracy?

Nora pokręciła głową. — Rano mam dyżur na recepcji i nikt się dziś nie zapowiedział. Pan Hunter miał się jednak wymeldować — co z tym zrobić? Nie zabrał swojej torby, kiedy wychodził.

Carla bardzo chciała zabrać torbę, ale gdyby to zrobiła, policja mogłaby twierdzić, że majstrowała przy dowodach.

— Spodziewam się, że policja wkrótce przyjedzie po jego rzeczy, Noro, nie martw się. Jeśli nie, zapłacę przynajmniej za kolejną noc. Zostawię ci numer mojej karty i obciążysz go, jeśli będzie trzeba, żebyś nie miała kłopotów.

— To bardzo miło z twojej strony — ucieszyła się Nora, po tym jak uruchomiła kopiowanie plików, podchodząc do ekspresu do kawy na stojącym nieopodal stoliku. — Bardzo dziękuję.

Wyrywając czystą kartkę z żółtego bloczku, który wciąż niosła, Carla zapisała dane, złożyła kartkę i podała ją Norze. — Tylko jeśli będzie trzeba, pamiętaj — i bez zakupowych szaleństw — powiedziała z uśmiechem. Ledwie znała Norę, ale kobieta była więcej niż pomocna. Złapały też pewną nić porozumienia, gdy oglądały Jasona bez koszulki na nagraniu — mała tajemnica między nimi, jak bardzo im się to spodobało.

Sączyły kawę, a Nora trajkotała, opowiadając Carli, że jej najstarszy syn w tym roku kończy liceum i ma nadzieję na profil pre-law na University of Idaho, kiedy warknął głos;

— Co tu się dzieje? Nie płacę ci za to, żebyś siedziała i popijała kawę!

Nora jakby skuliła się w sobie. — Przepraszam, panie Wells — odstawiła kubek i wstała. — Dziś jeszcze nie było klientów. Przyszła tylko Carla — panna Ramirez — żeby...

— I jeszcze jedno, tu z tyłu nikt nie ma wstępu — warknął Wells. Carla wiedziała, że to właściciel motelu, złośliwy skąpiec, który ściska każdego centa, aż piszczy. Praca u niego byłaby koszmarem. Nagle zrobiło jej się bardzo żal Nory, która właśnie wylewała kawę do zlewu i myła kubek.

— Musi pani wyjść — Wells przeniósł swój grymas na Carlę.

— Jak pan sobie życzy. — Podeszła do Nory, odstawiła kubek, żeby druga mogła go umyć. — Nie mów mu, po co tu byłam — szepnęła cicho do ucha Nory. — Udawaj, że jesteśmy koleżankami i przyszłam tylko nadrobić pogaduchy. Wells hałasował przy szafce z aktami po drugiej stronie pokoju; Carla była prawie pewna, że nie dosłyszy. Nora dała ledwie zauważalne skinienie.

Odwracając się, Carla stanęła przed komputerem, a ręka, wymykając się za jej plecami, wysunęła pendrive ze slotu i wsunęła go do kieszeni wiatrówki. — Dzięki za kawę, Noro — powiedziała głośno. — Następnym razem pogadamy u Melissy. I zerknę, czy znajdę te stare podręczniki do pre-law dla Nate'a. Przeczyta je latem i będzie miał fory!

— Byłoby super, kochana — powiedziała Nora wdzięcznym tonem. Carla zerknęła na nią porozumiewawczo i wyszła. Była w połowie ulicy, gdy minął ją radiowóz, z szeryfem za kierownicą; odwróciła się, by zobaczyć, jak skręca na podjazd motelu.

Uświadomiła sobie, że szeryf porozmawiał z Barclayami i dowiedział się, że Jason postanowił wziąć pokój w motelu na noc. Nagle ogarnął ją pośpiech i przyspieszyła do szybkiego biegu, chcąc jak najszybciej dotrzeć do biura i wrzucić nagrania z klucza na bezpieczne dyski.

Biuro Carli mieściło się w przednim pokoju jej domu. Wpuszczając się do środka, skierowała się prosto do biurka i podłączyła pendrive. Widziała na ekranie za plecami Nory, że kopiowanie się zakończyło, wiedziała więc, że pliki są kompletne. Zastanawiając się, czy nie popada w zbytnią paranoję, mimo wszystko zabezpieczyła pliki hasłem i wgrała je na wszystkie serwisy chmurowe, z których korzystała. Po paru minutach namysłu wysłała mail do znajomego ze studiów prawniczych, który teraz pracował w FBI, z notatką.

„Jeśli nie odezwę się w ciągu 48 godzin, proszę otworzyć te pliki. Stanowią alibi mężczyzny o imieniu Jason Hunter, który, jak sądzę, został wrobiony w morderstwo..."

Upewniwszy się, że zrobiła wszystko, by zbackupować dane, wysłała mail, wyjęła pendrive z komputera i zastanowiła się, gdzie go schować. W końcu wzruszyła ramionami. Jeśli dojdzie do najgorszego, i tak skończy, mówiąc przesłuchującym dokładnie, gdzie leży; Carla nie miała złudzeń co do swojej odporności na ból czy przymus. Wrzuciła pamięć do górnej szuflady biurka.

Wreszcie nadszedł czas, by wskoczyć pod prysznic i wyglądać trochę bardziej profesjonalnie. Musiała odwiedzić Rose Hunter i Barclayów; była niemal pewna, że pierwsze pytanie Jasona, kiedy znów go zobaczy, będzie dotyczyło samopoczucia jego ciotki.

Wychodząc z domu w eleganckim garniturze i z aktówką w dłoni, nagle o czymś sobie przypomniała. Zawróciła do biura, by wykonać telefon do starszego prokuratora okręgowego, mężczyzny z innego miasteczka, z którym była w całkiem dobrych relacjach. Podczas studiów prawniczych latem pracowała w jego biurze jako asystentka prawnika. To, czego się dowiedziała, wywołało w niej obrzydzenie; szeryf nawet nie zadał sobie trudu, by skonsultować się z prokuraturą, zanim zadzwonił do sędziego po nakaz aresztowania. Marcus Devereaux, prokurator, warknął wściekle do słuchawki, kiedy mu to streściła.

— Prześlij mi te pliki — poprosił. — Jeśli pokazują to, o czym mówisz, natychmiast uchylę nakaz i twój człowiek będzie wolny. Rozmawiałem dziś rano z koronerem i wstępnie określił godzinę śmierci na okolice północy.

Carla zamknęła oczy i wypuściła z ulgą powietrze, mając całkowite potwierdzenie niewinności Jasona. — Wysyłam ci je właśnie teraz — powiedziała. — Przepraszam, jeśli brzmię jak paranoiczka, ale po tej wpadce z dowodem DNA w sprawie Moritza...

— Doskonale cię rozumiem, Carlo — powiedział Marcus. — Oboje wiemy, że McCarthy jest skorumpowany. Musimy tylko złapać go na tym i wylatuje, obiecuję.

Podziękowała mu jeszcze raz, rozłączyła się i poszła po samochód. Pierwszy przystanek: Rose Hunter — sprawdzić, jak się czuje — a potem wrócić do Jasona i przekazać mu dobre wieści.

ROZDZIAŁ SZÓSTY

ULICA, PRZY KTÓREJ MIESZKAŁA Rose Hunter, była cichą ślepą uliczką, co dziś rano — jak uznała Carla — okazało się akurat zbawienne. Departament szeryfa odgrodził całą ulicę taśmą miejsca zbrodni, choć nikt nie pilnował samej zapory. Wzruszywszy ramionami, Carla przekroczyła zwisającą taśmę i ruszyła w stronę domu Rose Hunter, by — ku grozie — zastać staruszkę przy telefonie do banku, jak próbowała wziąć pożyczkę pod zastaw domu, żeby zebrać pieniądze na kaucję dla Jasona, a Mrs Barclay przyglądała się bezradnie.

— Próbowałam ją powstrzymać, ale jest uparta jak osioł — powiedziała Carla Mrs Barclay.

— Zajmę się tym — oznajmiła Carla, zabrała Rose słuchawkę i wyłączyła telefon. — Nie będziesz zastawiać domu. Jason wolałby siedzieć w areszcie, niż patrzeć, jak to robisz, ale i tak nie ma takiej potrzeby. Ustaliłam mu alibi, a prokurator okręgowy cofnie nakaz aresztowania. Dziś wieczorem będzie wolny.

Rose miała już zacząć wściekłą tyradę, ale nim dotarło do niej, co mówi Carla, wymknęło jej się tylko — Jak śmiesz... — Łzy napłynęły do jej wyblakłych niebieskich oczu.

— Bóg ci zapłać — wychrypiała Rose, niepewnie szukając dłoni Carli. — Bóg ci zapłać.

— Wszystko w porządku, Mrs Hunter. — Carla delikatnie ścisnęła kruche palce, przerażona, jak bardzo Rose zwiotczała przez tych kilka tygodni, odkąd widziały się ostatnio. Skóra biała jak papier, napięta na wysokich, eleganckich kościach policzkowych, nadawała jej niemal szkieletycznego wyglądu. Na głowie miała jedwabną chustkę, by ukryć brak włosów, a na grzbiecie lewej dłoni na stałe tkwiła kaniula dożylną.

Ona umiera, uświadomiła sobie Carla, *i to wkrótce.* — Sprowadzę ci Jasona w ciągu kilku godzin — przyrzekła gorąco. — Słowo daję.

Pojedyncza łza uwolniła się i spłynęła po policzku Rose. — Bóg ci zapłać — wyszeptała znów. — Nie prosiłam, żeby wracał. Bałam się, że coś się stanie, choć nigdy nie przypuszczałam, że posuną się tak daleko... — Zamknęła oczy, by powstrzymać kolejne łzy. — To nie jego wina. Nic z tego nie jest jego winą.

Carla zawahała się, po czym uznała, że musi zapytać, choć tak naprawdę to nie była jej sprawa. — Co nie było jego winą, Mrs Hunter? Nie rozumiem, dlaczego to się stało.

Rose westchnęła i znów otworzyła oczy. — Lepiej usiądź, kochanie. Emma, zrobisz nam herbaty?

— Oczywiście — odparła Mrs Barclay i z ważną miną pognała do kuchni, a Carla usiadła.

— Dziadek Jasona, Peter, i mój mąż, Paul Hunter, byli bliźniakami jednojajowymi — zaczęła Rose. — Ich ojciec był bardzo zamożnym człowiekiem; miał tartak i zbudował pół miasteczka. Zostawił majątek po równo dwóm synom i oczekiwał, że będą nim razem zarządzać. Zaledwie kilka miesięcy później Peter i jego żona zginęli w wypadku samochodowym; ojciec Jasona, David, przeżył. Miał tylko jedenaście lat. Oczywiście Paul i ja zostaliśmy jego opiekunami, a David wychowywał się razem z naszym synem, Philipem. — Rose westchnęła mgliście, patrząc przez okno. — David był cudownym chłopcem; kochałam go jak własnego. Philip był o pięć lat młodszy i myślałam, że miło będzie, jeśli będą jak bracia.

— Dlaczego mam złe przeczucie, że nie wyszło tak, jak miało? — zapytała Carla, gdy Emma Barclay wróciła z herbatą i zaczęła nalewać.

— Philip znienawidził Davida od pierwszej chwili, kiedy zamieszkał z nami, choć David był wtedy, oczywiście, zupełnie zdruzgotany po stracie rodziców. Philip uparcie twierdził, że rozpieszczamy Davida, że już go, Philipa, nie chcemy, skoro mamy Davida, co było niedorzeczne — Philip był naszym synem! Był zazdrosny o wszystko, co David miał, o wszystko, co robił. Kiedy David zaczął spotykać się z Jessicą Bateman — najładniejszą dziewczyną w miasteczku — Philip robił wszystko, żeby im zaszkodzić: głupie, dziecinne kawały, ale bardzo przykre. W końcu David postanowił wyjechać z miasteczka i wstąpić do armii, a Jessica pojechała za nim. Pobrali się i urodził im się Jason. Byli bardzo szczęśliwi, nawet jeśli wojsko często wysyłało Davida na służbę daleko od domu.

Carla w milczeniu sączyła herbatę, słuchając, jak staruszka wspomina. Pomyślała, że Rose Hunter naprawdę kochała osieroconego siostrzeńca i jego żonę, a zachowanie własnego syna musiało ją ogromnie bolać.

— David zginął na służbie w 1995 roku — ciągnęła Rose — a Jessica nie wiedziała, co robić. Jason był jeszcze małym chłopcem; nie miała dokąd pójść, tylko wrócić tutaj, do rodziny.

— Zakładam więc, że Jason wciąż jest spadkobiercą połowy rodzinnych interesów? — zdziwiła się lekko Carla. — Bo powiedział mi, że jego wuj jest bogaty, a on nie.

Na to Rose jęknęła cicho, a jej dłoń zadrżała. — O Boże, chciałabym, żeby był, Carla. Naprawdę bym chciała. To wszystko moja wina...

— Proszę, nie zamartwiaj się — Carla odruchowo wyciągnęła do niej rękę.

— Paul, mój mąż — Rose zebrała się w sobie i mówiła dalej —, zawsze traktował Davida jak syna, na równi z Philipem, mimo zazdrości Philipa, a David ufał, że dopilnuje jego części interesów. Byłam współzarządczynią majątku Davida i wierzyłam, że Paul robi, co trzeba — nie miałam powodu sądzić inaczej. Więc kiedy prosił mnie, żebym podpisywała papiery przenoszące różne udziały, oczywiście to robiłam. W końcu okazało się, że Paul przerzucał kiepskie aktywa na Davida, zdejmując je ze swojego nazwiska, i wszystko rozkręciło się lawinowo — niedługo po śmierci Davida jego majątek był już niewypłacalny.

— To nie była twoja wina — zapewniła ją cicho Carla, wstrząśnięta odkryciem, że własny wuj umyślnie zniszczył fortunę Davida Huntera, a co za tym idzie — Jasona.

— Powinnam była to wiedzieć. Powinnam była sprawdzić — Rose pokręciła głową. — Nigdy nie zapomnę miny Jessiki w dniu, gdy Paul jej to oznajmił. Był z siebie *zadowolony*, nawet nie silił się na fałszywe współczucie. Wprost powiedział, co zrobił. Myślałam, że mu przyłoży.

— Jeśli go *wcale nie* uderzyła, to wykazała się wyjątkową powściągliwością — odparła z przekąsem Carla.

— Nie bardzo mogła, skoro Jason stał obok, uczepiony jej nogi. Po prostu obróciła się na pięcie i wyszła. Byłam tak wstrząśnięta; do tamtej chwili nie rozumiałam, co się stało. Wzięłam Paula na spytki i zapytałam, po co to zrobił; twierdził, że wszystko dla Philipa. — Rose pokręciła głową. — Nic nie powiedziałam, ale następnego dnia wsiadłam w samochód, pojechałam aż do Spokane i sprzedałam co do sztuki całą moją biżuterię. Wyczyściłam konto i poszłam do adwokata od rozwodów. Potem wróciłam do Woodvale i oddałam wszystkie pieniądze Jessice.

— Założę się, że twój mąż przyjął to naprawdę, naprawdę źle — powiedziała po chwili wstrząśniętej ciszy Carla.

Uśmiech Rose był napięty. — Batemanowie zaprosili mnie do siebie. Ojciec Jessiki był wtedy szeryfem; świetny człowiek. Zawdzięczam mu życie, bo jestem pewna, że Paul zamierzał mnie zabić, kiedy tej nocy przyszedł po mnie z bronią. Krzyczał i bredził jak obłąkany, wrzeszczał, że zabije też Jessicę i Jasona. Nigdy wcześniej się tak nie bałam. — Pokręciwszy głową, Rose powiedziała cicho: — Joe Bateman zastrzelił go na ulicy.

— O rany — opadła Carli szczęka. Słyszała tę historię już wcześniej; to był największy skandal, jaki kiedykolwiek wydarzył się w Woodvale, ale usłyszeć to z ust samej Rose Hunter rzucało na wszystko zupełnie nowe światło. Nigdy nie zrozumiała, że Rose odeszła od męża, bo Paul Hunter celowo zrujnował majątek swojego bratanka.

— Philip był na ostatnim roku studiów. Wrócił do domu i przejął wszystkie interesy, nawet nie zawracając sobie głowy dyplomem. Paul zmarł, zanim zdążył zmienić testament, więc przynajmniej dostałam tę niewielką sumę, którą mi zapisał — wystarczyło, żeby kupić ten dom. — Rose machnęła nieokreślenie ręką. — Zaprosiłam Jessicę, żeby przyjechała z synem i zamieszkała ze mną. Była jak córka, której nigdy nie miałam.

Wszystko to tłumaczyło, czemu Jason był tak przywiązany do staruszki, uświadomiła sobie Carla. Była dla niego raczej kochającą babcią niż ciotką-babką, z którą nie łączyły go więzy krwi.

— Co się stało z Jessicą? — musiała zapytać.

— Cóż, kiedy Joe Bateman przeszedł na emeryturę, on i jego żona kupili mieszkanie na Florydzie i spędzali tam całe zimy, zanim w końcu przenieśli się na stałe. Jason zdążył już wyjechać do West Point, a Jessica często do nich zaglądała. Zakochała się tam w pewnym mężczyźnie i wyszła ponownie za mąż. Prowadzą tam małą firmę, zajmują się utrzymaniem basenów; całkiem nieźle im się wiedzie. — Rose wzruszyła ramionami, odrobinę smutno. — Cieszę się jej szczęściem, ale bardzo za nią tęsknię. Pisze do mnie przynajmniej raz w tygodniu. Jason zresztą też.

— Czemu ty też się nie wyprowadziłaś? — musiała zapytać Carla, choć podejrzewała, że zna odpowiedź; sama podała Jasonowi w areszcie dokładnie taką samą.

— To jest mój dom — odparła Rose, a Carla skinęła głową bez zdziwienia. — Urodziłam się tutaj, w Woodvale, i wszystkie moje najszczęśliwsze wspomnienia są stąd. Pomimo złych rzeczy, które też się wydarzyły, nie chciałabym mieszkać nigdzie indziej.

Carla dokładnie wiedziała, co czuje. Uśmiechnęła się do Rose i upiła łyk herbaty, gdy staruszka oparła się w fotelu i westchnęła znużona.

— Naprawdę wyciągniesz dziś mojego chłopca stamtąd, Carla? — zapytała po chwili Rose.

— Tak. Czekam tylko na telefon zwrotny od prokuratora okręgowego z potwierdzeniem, że nakaz aresztowania został cofnięty. — Carla wyjęła z torebki komórkę i zerknęła na ekran. Jakby wywołany samym gestem, telefon zaczął dzwonić. — Przepraszam.

Carla wyszła na ganek i odebrała, opierając się o poręcz. — Carla Ramirez — przywitała się.

— Tu Marcus Devereaux z biura prokuratora okręgowego. Zapytałbym, co się, do diabła, dzieje w tym miasteczku, ale już wiem.

Westchnęła i ścisnęła palcami nasadę nosa. — Mów.

— Zadzwoniłem do McCarthy'ego, żeby go zjechać za to, że nie przyszedł do mnie omówić możliwości prowadzenia tego jako sprawy o morderstwo, zanim wystąpił o nakaz aresztowania Jasona Huntera. Był bezczelnie zadowolony z siebie; twierdził, że sprawa jest oczywista. Zwłoki Julii Bulridge znalezione na tyłach posesji starej Mrs Hunter, miała na sobie kurtkę Jasona Huntera, szyja złamana przez kogoś o wielkiej sile.

Z miejsca, w którym stała, Carla widziała żółtą taśmę policyjną wciąż odgradzającą tył posesji. Dwóch techników kryminalistyki wciąż metodycznie przeczesywało teren, dwóch kolejnych stało na warcie przy bocznej furtce, odpędzając ciekawskich przechodniów. Choć w zasadzie żadnych przechodniów nie powinno tu być, skoro dom Rose Hunter był na końcu ślepej uliczki. Carla pokręciła głową i wróciła myślami do rozmowy.

— To wcale nie znaczy, że on ją zabił; a skoro ma żelazne alibi, bo do kraju przyleciał dopiero wczoraj wieczorem, to absolutnie nic nie wyjaśnia, gdzie była przez ostatnie parę tygodni.

— Od tego zacząłem, zapewniam cię — odparł stanowczo Marcus. — A potem próbował mi wmówić, że nie da się udowodnić, iż Jason Hunter nocował wczoraj w motelu, bo monitoring akurat nie działa, a nocny recepcjonista go nie pamięta.

Oszołomiona, Carla potrzebowała chwili, by to przetworzyć. — Czekaj... chcesz powiedzieć, że nagrania już skasowane, a Nora zastraszona do milczenia? Przecież dosłownie kilka minut po moim wyjściu McCarthy podjechał pod motel! Widziałam, jak wjeżdża!

— Gdy powiedziałem mu, że zdążyłaś wysłać mi kopię nagrania mailem, szybko zmienił ton. Stwierdził, że to właściciel motelu musiał się pomylić — ton Marcusa był suchy jak pieprz.

— Taa, jasne — odparła Carla z równą dozą cynizmu.

— Jadę teraz do biura sędziego Robardsa. Spotkam się z tobą na komisariacie w ciągu godziny i wyciągniemy twojego faceta na wolność.

— Dzięki, Marcus — powiedziała z wdzięcznością.

— Nie ma za co, kochana — w jego głosie zabrzmiał śmiech. — Wpadnij wkrótce na obiad. Suze cały czas każe mi cię zapraszać, jest pewien facet z jej pracy, którego chce ci przedstawić.

— Obiad — tak, swaty — nie — odparła Carla ze śmiechem. Rozłączyła się i wróciła do środka, żeby przekazać Rose dobre wieści.

— Powinnam przywieźć go do ciebie za najwyżej parę godzin — obiecała. — Zadzwonię, jeśli z jakiegokolwiek powodu będzie opóźnienie, dobrze?

— Poradzę sobie, kochanie — Rose poklepała ją po dłoni. — Emma jest tutaj, dotrzyma mi towarzystwa, a za chwilę wpadną jeszcze dwie przyjaciółki na partyjkę brydża.

— Zdaje się, że to właśnie one — Mrs Barclay wychyliła się zza koronkowej firanki na samochód właśnie podjeżdżający pod dom. — Tak, to one. Leć, Carla. Zajmiemy Rose, dopóki nie wrócicie z Jasonem.

Rozdział siódmy

Carla dotarła na posterunek policji tuż przed Marcusem; wysoki, elegancko ubrany zastępca prokuratora okręgowego przytrzymał jej drzwi, gdy podeszła do niego z uśmiechem.

— Masz to? — skinęła głową w stronę teczki papierów w jego ręku.

— Jasne. Sędzia Robards nie był zachwycony, ale kiedy wprost oświadczyłem mu, że odmówię wniesienia oskarżenia, bo już doszło do manipulowania dowodami, a do tego uprzedziłem go, że wysłałaś kopię materiałów swojemu kumplowi w FBI, szybko spuścił z tonu.

Carla pokręciła głową, zaciskając usta. — Kolejny z popleczników Philipa Huntera — powiedziała cicho, dbając, by mówić na tyle ściszonym głosem, żeby tylko Marcus mógł ją usłyszeć. — Czasem myślę, że tylko my dwoje w całym hrabstwie, w całym tym wymiarze sprawiedliwości, nie jesteśmy umoczeni.

Marcus odpowiedział uśmiechem, sztucznym, mającym zmylić postronnych, że prowadzą miłą pogawędkę, a nie bardzo poważną rozmowę, która faktycznie się toczyła.

— Wypytałem kilka osób w Sądzie Najwyższym stanu, Carlo, ale muszę poruszać się ostrożnie. Hunter to ważny człowiek, zna mnóstwo ludzi. Jeśli zadam niewłaściwe pytanie niewłaściwej osobie... — przez moment zmarszczki w kącikach jego oczu wydawały się bardzo głębokie. — Mam żonę i dwoje dzieci, Carlo.

— Wiem — odparła cicho — i obiecuję ci, że nigdy nie zrobiłabym niczego, co naraziłoby Suze i dzieci. Nigdy.

— Wiem. — Wziął głęboki oddech i wyprostował ramiona. — No to chodź. Wyciągnijmy czarną owcę z rodziny Hunterów z aresztu.

— Chyba pomieszałeś metafory — zauważyła z przekąsem Carla. — Jestem całkiem pewna, że Jason Hunter to raczej facet, którego chciałbyś mieć po swojej stronie. Po prostu jako jedyny był na tyle mądry, żeby zwiać z tego grajdołka i ułożyć sobie życie gdzie indziej.

— Czyli mądrzejszy od nas wszystkich — odparł Marcus z lekkim uśmiechem — mimo tych naszych wypasionych dyplomów z Ivy League.

Carla uśmiechnęła się, nie mając jak z tym polemizować, i posłała ten sam uśmiech dyżurnemu sierżantowi, gdy ten spojrzał na nich nieufnie znad biurka.

— Sprowadź szeryfa McCarthy'ego — powiedział Marcus chłodno, beznamiętnie — *teraz*.

Kroki za drzwiami celi wyrwały Jasona z lekkiej drzemki; chociaż nie był zmęczony, służba u Rangersów nauczyła go sypiać, kiedy i gdzie tylko się da. Nie kwapił się, by wstać — jeszcze nie — tylko przekręcił głowę, żeby zobaczyć, kto podszedł do krat. Zastępcy wsadzili go do celi na samym końcu korytarza, bez sąsiadów, bez nikogo do rozmowy. Nie żeby szczególnie miał ochotę gadać z kimkolwiek, kto jeszcze mógł być zamknięty w areszcie w Woodvale.

To był zastępca szeryfa Allen, a z nim Carla i wysoki, przystojny mężczyzna około czterdziestki, z umęczonymi liniami wokół oczu, w ładnym garniturze i dobrze wypastowanych butach. Carla uśmiechała się — ciasnym, triumfującym uśmieszkiem. Allen wyglądał na poddenerwowanego, a ten wysoki mężczyzna po prostu na zmęczonego.

— Jason, to zastępca prokuratora okręgowego, Devereaux — powiedziała Carla. — Otwórz drzwi, zastępco Allen.

— Tak jest, proszę pani — mruknął Allen, szarpiąc się z dużym pękiem kluczy.

— Mam tu oficjalne unieważnienie pana nakazu aresztowania, panie Hunter — Devereaux uniósł urzędowo wyglądającą kartkę papieru. — Jest pan wolny.

— Szybko poszło — rzucił z uznaniem Jason, z łatwością podnosząc się na nogi, gdy Allen wreszcie otworzył drzwi. — Jest pani dobra, pani Martinez. Jednak nie trzeba było tych drogich, wielkomiejskich adwokatów.

Zaśmiała się, zerkając na niego z uśmiechem, gdy podszedł do wyjścia i wyciągnął rękę do Devereaux na powitanie. — Już przeprosiłam za to.

— Przeprosiłaś i zostało ci wybaczone, ale to nie znaczy, że nie będę ci o tym przypominał — uśmiechnął się szeroko. — A tak serio, dziękuję. Mam rozumieć, że nie jestem już podejrzany?

— Nagrania, które Carla przesłała, w pełni mnie przekonują — odparł Devereaux. — Odrzuciłbym każdą sprawę opartą na tym, co już widziałem, włącznie z oczywistym manipulowaniem dowodami przez biuro szeryfa. Co, zapewniam, zostanie zbadane.

Kark zastępcy Allena poczerwieniał, ale nic nie powiedział; patrzył przed siebie, prowadząc ich małą grupkę z powrotem korytarzem.

— Pana portfel, proszę — powiedział Allen, kiedy dotarli do okienka dyżurnego z przodu; wysunął płytką plastikową tackę. Zawartość jego kieszeni, skonfiskowana i spisana przy wprowadzaniu. Niewiele tego było; tylko portfel i telefon.

— Miałem jeszcze klucz do motelu — powiedział Jason, chowając rzeczy do kieszeni.

— Został zwrócony do motelu.

— Jasne. — Przypuszczał, że jego samochód z wypożyczalni i reszta bagażu pewnie trafiły na policyjny parking jako dowody, ale szczerze mówiąc, w tej chwili nie było to jego zmartwienie. Pomyśli o tym później. Po tym, jak zobaczy ciotkę Rose.

— Chcesz, żebym cię podwiozła do domu twojej ciotki? — zapytała Carla i w duchu pobłogosławił ją za czytanie w myślach.

— Poproszę.

— Mój samochód stoi tuż przed wejściem. — Pożegnała szybko Deveraux, po czym wyprowadziła Jasona na parking, wskazując srebrną Toyotę Camry. — To ten mój.

Kiwnąwszy głową, Jason wsunął się na miejsce pasażera i siedział nieruchomo, podczas gdy Carla odpalała silnik.

— Widziałam Rose — odezwała się Carla, czując potrzebę zagłuszenia napiętej ciszy. — Ma się dobrze.

— Nie, nie ma się dobrze. Wiem, jak jest chora. Rozmawiam z jej lekarzami — odparł szorstko Jason.

— Dobrze, więc nie ma się dobrze. Umiera. Ale to, że cię aresztowali, nie pogorszyło jej stanu. Cieszy się na spotkanie z tobą. — Zerkając na niego kątem oka, gdy wyjeżdżali na ulicę, dodała: — Zapnij pas. Szeryf bierze cię na celownik. Lepiej nawet nie przechodź przez jezdnię w niedozwolonym miejscu, kiedy jesteś w Woodvale, panie Hunter, bo znowu wylądujesz za kratkami, a następnym razem może już nie będę miała alibi, które wyciągnie cię z kłopotów.

Półuśmiech dotknął warg Jasona, gdy zapinał pas. — Dzięki za radę. A myślałem, że jesteśmy na ty, czy czymś cię wkurzyłem?

— Nie. — Carla też się uśmiechnęła, patrząc na drogę. — Po prostu... trzymaj się z daleka od kłopotów, dobra? Inaczej wrócimy do układu: prawniczka i klient.

— Och, niewiniątkiem to ja na pewno nie jestem. — W słowach pobrzmiewała dwuznaczna sugestia, na którą jej ciało zareagowało, choć rozum mówił, że nie powinna.

— Zachowuj się, bo powiem twojej ciotce, że nie umiesz utrzymać go w spodniach.

— Hej, pomagała mnie wychowywać przez moje koszmarne, hormonalne nastoletnie lata. Ciotka Rose doskonale wie, jak zareaguję na taką piękną kobietę jak ty.

Carla parsknęła śmiechem, urzekła ją bezczelność flirtu Jasona. Włączając kierunkowskaz, zerknęła w lusterka i skręciła w ślepą uliczkę, po czym zatrzymała się przed domem Rose Hunter.

— No i jesteśmy. — Nie była pewna, co jeszcze powiedzieć.

— Dzięki za podwózkę. I za... no, wszystko inne. — Jason nie kwapił się, by wysiąść. — Podeślij mi rachunek, dobra? Zostanę tu z Rose aż do... no, aż do.

Carla skinęła głową ze współczuciem na twarzy. — Do zobaczenia, Jason.

Skinął głową i posłał jej uśmiech, po czym jakby się zebrał w sobie, żeby wysiąść. Carla patrzyła, jak idzie podjazdem i wchodzi na ganek, na moment przystając, nim otworzył drzwi bez pukania. Dopiero kiedy zamknęły się za nim, wrzuciła bieg i odjechała do domu, myślami wciąż przy mężczyźnie, którego właśnie zostawiła.

— Jason, kochanie! — zawołała Rose Hunter, gdy wszedł frontowymi drzwiami, których nigdy nie zamykała na klucz poza nocą. Mieszkała tu niemal tak długo, jak żył Jason, a wszyscy sąsiedzi byli tu równie długo lub dłużej.

— Nawet nie waż się wstawać z tego fotela. — Przeciął pokój kilkoma wielkimi krokami, pochylił się i objął ją ramionami, przerażony, jak bardzo się postarzała i skurczyła od jego ostatniej wizyty niespełna rok temu.

Chude ramiona zacisnęły się na jego szyi, ale w uścisku nie było siły.

— Nie powinieneś był przyjeżdżać — wyszeptała przy jego policzku — ale tak się cieszę, że cię widzę.

Nie chciał jej puszczać, trwał przy niej pochylony, aż ta zachichotała z wysiłkiem i popchnęła go lekko.

— Zejdź ze mnie, ty wielkoludzie. Daj mi na ciebie popatrzeć.

Zmuszając uśmiech na usta, Jason odsunął się i wyprostował, zrobił krok w tył, rozłożył szeroko ręce i powoli się obrócił. — Zdaję egzamin?

— Wyglądasz wspaniale. Opalony, ale dużo bardziej zrelaksowany niż ostatnim razem, kiedy widziałam cię tak opalonego.

— Cóż, Guàlize jest dużo przyjemniejsze niż Syria — zażartował. — I o wiele mniejsze ryzyko, że ktoś do ciebie strzeli. Świetne jedzenie, dobre godziny pracy, fantastyczna kasa. Nie mógłbym być szczęśliwszy. Powinnaś mnie odwiedzić.

— Zdjęcia, które mi wysyłasz, wyglądają cudownie. — Wskazała na tablet leżący na stoliku obok fotela. — Może przyjadę, jak poczuję się lepiej.

Oboje wiedzieli, że lepiej się nie poczuje. Leczenie spowalniało rozwój nowotworów, ale nigdy nie nastąpiła żadna remisja i szybko zbliżał się czas, gdy jej ciało całkiem się podda.

Jason znał odpowiedź, jaką usłyszy, ale i tak musiał to zaproponować. — Moglibyśmy polecieć jutro. Serio, mój szef jest żonaty z córką prezydenta elekta. Jeden telefon i prezydencki samolot czekałby na nas rano w Spokane... Ariana jest też lekarką, dopilnowałaby twojego leczenia...

Rose pokręciła głową, uśmiechając się łagodnie. — Brzmi cudownie, skarbie, ale to jest mój dom.

Jej ciche słowa natychmiast go uciszyły i westchnął, siadając obok niej i ujmując jej kruche dłoń w swoją. —

Dobrze. W takim razie oboje zostajemy do końca. Mam tyle urlopu, ile trzeba — i nie zostawię cię.

Przez kilka minut żadne z nich się nie odzywało, a potem Rose spróbowała ścisnąć palce Jasona, w rzeczywistości zaledwie kładąc na nich delikatny nacisk.

— Cieszę się, że tu jesteś.

Chciał trzymać ją i nie puścić nigdy, ale zamiast tego wziął głęboki oddech i wymusił uśmiech. — Choćby mnie końmi ciągnęli, nie dałoby się mnie stąd odciągnąć, ciociu Rose. A teraz. Jakie roboty odłożyłaś dla mnie do zrobienia?

— Cóż. — Uśmiechnęła się, a w kącikach oczu pogłębiły się śmiechowe zmarszczki. — Może mam kilka drobiazgów. Nie lubię prosić Billa Barclaya o zbyt wiele, nie jest już taki młody jak kiedyś.

Jason odwzajemnił uśmiech. — Pokaż, gdzie masz skrzynkę z narzędziami. Ogarnijmy ten dom, żeby znów lśnił.

Dopiero parę godzin później, gdy starannie gładził szpachlą ubytek w płycie gipsowej przy drzwiach wejściowych, dotarło do niego, że ciotka Rose każe mu doprowadzić dom do porządku, żeby maksymalnie podnieść jego wartość i żeby mógł go dobrze sprzedać, kiedy jej już zabraknie.

Na chwilę oparł czoło o ścianę i kilka razy głęboko odetchnął.

Co ja zrobię, kiedy ty odejdziesz, ciociu Rose?

Nigdy nie przestała wysyłać mu swoich małych paczuszek z domowymi ciasteczkami, zawsze z dołączonym gawędziarskim listem pisanym ręcznie, nawet w ostatnich miesiącach, gdy rak brał górę. Zastanawiał się, czy

pierwszą wiadomością o jej śmierci nie byłby telefon ze
szpitala, do niego — wpisanego jako najbliższy krewny.
    Ta myśl niemal rozdarła mu serce na dwoje.

ROZDZIAŁ ÓSMY

NASTĘPNEGO RANKA CARLA SIEDZIAŁA przy biurku, pogrążona w myślach, stukając wolno długopisem o krawędź klawiatury, kiedy jakiś ruch za oknem przykuł jej uwagę. Niewielu ludzi przechodziło pod jej oknami; biuro miała przy głównej drodze i, jak wszędzie w Ameryce, większość wolała jeździć. Zwłaszcza gdy padało.

Sylwetka idąca chodnikiem była aż nadto znajoma. Jason Hunter maszerował wzdłuż jej okna, wyglądało na to, że kierował się w stronę centrum, wciąż tylko w T-shircie i dżinsach, mimo parszywej pogody.

— Co do licha? — mruknęła do siebie, zrywając się na równe nogi i pędząc do drzwi wejściowych, chwytając parasolkę z jej zwyczajowego miejsca na wieszaku. Rozkładając ją, gdy wychodziła na zewnątrz, zawołała za nim głośno: — Jason!

Musiała zawołać jeszcze dwa razy i przebiec kawałek ulicy, zanim usłyszał ją przez szum deszczu i się odwrócił.

— Carla? — Deszcz ślizgał się po jego opalonej skórze, przemoczył koszulkę aż po te wspaniałe ramiona. Carla nagle zrozumiała, skąd u facetów taka fascynacja konkursami mokrych koszulek dla dziewczyn. Piersiowe i brzuch Jasona rysowały się idealnie pod mokrym, przylegającym materiałem. Wpatrywała się, nie mogąc oderwać wzroku, przez co umknęły jej kolejne słowa Jasona.

— Słucham?

— Co ty tu robisz? Nie jesteś zbyt stosownie ubrana do pogody — wskazał na jej brak płaszcza.

— To samo mogłabym powiedzieć o tobie! Widziałam, jak przeszedłeś pod moim oknem w deszczu. Czemu nie masz kurtki? Wejdź do mnie, jesteś przemoczony do suchej nitki!

Wzruszywszy ramionami, Jason poszedł za nią, gdy bez czekania na odpowiedź zawróciła i ruszyła z powrotem ulicą. Miała na sobie inne spodnie niż wczoraj, jaśniejsze, szare; deszcz zrobił na nich ciemne plamy przy brzegach nad wysokimi obcasami czarnych botków.

— Zawsze chodzisz w szpilkach? — zapytał bez większego zastanowienia, idąc za nią po schodach do jej kancelarii.

— Gdybyś miała ledwie metr pięćdziesiąt wzrostu, też zawsze nosiłabyś szpilki — Carla zerknęła przez ramię, składając parasolkę, i uśmiechnęła się. — Widziałeś *Jurassic World*? Ja też potrafię tak biegać w szpilkach. I biegłabym, gdyby gonił mnie T-Rex. — Minęła drzwi do swojego gabinetu i otworzyła kolejne na końcu korytarza, wprowadzając go do jasno oświetlonej kuchni. — Proszę.

— Otworzyła szufladę, wyjęła mały ręcznik i rzuciła mu. — Choć wiele to nie pomoże.

Jason odwzajemnił uśmiech, otarł wodę z twarzy i głowy. — Niewiele, to prawda. I myślę, że T-Rex nawet nie odważyłaby się cię gonić. Poznałaby alfę, gdyby ją zobaczyła.

Carla miała ochotę się roześmiać, to było widać po słodkich zmarszczkach w kącikach oczu. — Nie wiem, czy powinnam czuć się pochwalona, czy obrażona.

— W zamyśle to był komplement — uśmiechnął się do niej Jason. — Silne kobiety to moja słabość.

Szczerze mówiąc, nie spodziewał się, że się zarumieni, a jednak skóra na jej kościach policzkowych wyraźnie pociemniała, zanim odwróciła się i włączyła ekspres do kawy.

— Jak się dziś czuje twoja ciocia? — zagadnęła Carla, zmieniając temat po krótkiej ciszy.

— Jakoś się trzyma. Rano przyszła pielęgniarka, a potem jeszcze jedna znajoma wpadła odwiedzić ciocię Rose. Dom nie jest na tylu ludzi.

— Więc postanowiłeś pospacerować w ulewie? — rzuciła z przekąsem, sięgając po kubki z szafki.

— Właściwie chciałem kupić trochę ubrań. Bo myślę, że moja torba podróżna pojechała do jakiegoś laboratorium kryminalistycznego — Bóg jeden wie, gdzie — a kurtka to na sto procent dowód. Jestem pewien, że nawet jeśli torba się znajdzie, kurtki i tak już nie zobaczę.

— Dlaczego twoja kurtka jest dowodem? — Carla zmarszczyła brwi, gdy ekspres zaczął prychać.

— Jestem prawie pewien, że ciało Julii Bulridge znaleziono w mojej kurtce. Zwinęła ją z bagażnika, kiedy znowu zwiała.

— Racja, mówiłeś mi — odparła, zerkając na niego; oparł biodro o blat kuchenny i stał ze skrzyżowanymi ramionami, wyluzowany i swobodny. Ta poza naprawdę robiła wrażenie na tych potężnych ramionach, pomyślała, zanim z niechęcią oderwała wzrok i skupiła się na jego twarzy. Kąciki ust uniosły mu się, a niebieskie oczy błysnęły.

Cholera, on doskonale wie, że gapię się na niego.

— Czyli nie masz nic poza tym, co masz na sobie, dosłownie?

— Dokładnie tak. Dużo nie brałem, tylko parę czystych koszulek i dodatkowe spodnie, ale jeden zestaw to minimalizm nawet jak na mnie. No i chociaż od odrobiny zimna i deszczu nie padnę, kurtka byłaby naprawdę mile widziana.

— Czyli szedłeś do miasta, żeby kupić ubrania — przytaknęła, odwracając się, by nalać kawy. Przesunęła w jego stronę cukiernicę i patrzyła, jak wsypuje do kubka dwie łyżeczki.

— Ciocia Rose nie ma już samochodu, a mój wóz z wypożyczalni też jest — Bóg jeden wie, gdzie. Planowałem wstąpić na komisariat i zapytać o to, chociaż średnio mam na to ochotę — skrzywił się na samą myśl.

— Nie powinieneś iść tam sam — odparła Carla natychmiast. — Pojadę z tobą.

— Ty w ogóle wciąż jesteś moją prawniczką? I, jak tak o tym pomyśleć, powinnaś mi wystawić rachunek za dotychczasowe usługi, proszę.

— Masz w ogóle jakieś pieniądze?

— Cóż, wśród rzeczy, które oddała mi policja, były mój portfel i telefon, więc tak — uśmiechnął się szeroko. — Jeśli pytasz o konto, to też tak. Moja robota nieźle płaci.

Carla, trochę zawstydzona swoją bezpośredniością, skinęła głową. — Okej, wystawię ci fakturę i podrzucę. To niewiele, niewiele zrobiłam...

— Pozwolę sobie się nie zgodzić. Twoja szybka reakcja w motelu sprawiła, że nagrania z monitoringu nie zniknęły. Bez nich, żeby potwierdzić moje alibi, nadal siedziałbym w celi.

Uznając, że to pewnie prawda, Carla powoli skinęła głową. Jason odstawił kubek i przesunął się obok niej do zlewu.

— Nie masz nic przeciwko?

Nie bardzo wiedziała, o co mu chodzi, więc po prostu przytaknęła, a potem oniemiała, kiedy ściągnął z siebie mokry, przylepiony T-shirt i wykręcił go nad zlewem. Mózg jej się kompletnie zawiesił; stała z rozdziawionymi ustami i wytrzeszczonymi oczami, kiedy odwrócił się do niej z powrotem.

— Masz jakiś zakaz wdawania się w romanse z klientami? — zapytał Jason cicho.

— Hm?

— Bo bardzo, bardzo chciałbym zaprosić cię na randkę.

Oderwawszy wzrok od jego torsu z ogromnym trudem, Carla podniosła go na jego twarz. — Myślałam o tym samym — przyznała — że kiedy to się skończy, zaprosiłabym cię na kawę.

Lekko się skrzywił i wciągnął z powrotem mokry T-shirt, zmagając się trochę, gdy materiał kleił mu się do skóry. — Nie sądzę, żeby to się skończyło tak szybko. Philip Hunter nie chce mnie w Woodvale. To była dla niego złota okazja, żeby się mnie pozbyć; na tym nie poprzestanie.

— Zaryzykuję — zdecydowała Carla.

— Miałem nadzieję, że tak powiesz. — Zrobił krok bliżej, a ciało Carli zareagowało; źrenice jej się rozszerzyły, puls przyspieszył, oddech spłycił.

— To co, jak już kupię trochę ubrań i zajrzymy na komisariat, to może postawię ci kawę? Bo muszę ci powiedzieć, twoja kawa jest absolutnie fatalna — zmarszczył rozbawiony oczy.

Parsknęła oburzona. — Wcale nie!

— Jest straszna i dobrze o tym wiesz — uśmiechnął się. — Co ty zrobiłaś tym biednym ziarnom?

Carla zorientowała się, że nawet jej nie spróbowała, zmarszczyła brwi na widok kubka. Usiadła łyk. — O mój Boże. O mój *Boże*, zapomniałam wymienić filtr!

Jason wybuchł śmiechem. — Przez chwilę myślałem, że próbujesz mnie otruć!

Spuściła głowę, ale i ją to rozbawiło, więc też zaczęła się śmiać. Wylewając resztkę kawy do zlewu, Carla powiedziała mu:

— Umawiamy się na kawę, ale ja stawiam. Skoro właśnie próbowałam cię otruć.

Carla najpierw zawiozła Jasona do maleńkiego centrum handlowego w Woodvale, żeby kupił sobie świeże ubrania. Nie wybierał wiele: dwie pary spodni, kilka T-shirtów, polar i wiatrówkę, wszystko w prostych, stonowanych kolorach. Próbował się wtopić w tłum, uświadomiła sobie Carla, patrząc, jak płaci za rzeczy, oczarowując uśmiechem sprzedawczynię. Ubrany w nowe, suche rzeczy, stanął obok niej.

— Ty coś potrzebujesz, skoro już tu jesteśmy? — wskazał na pasaż.

— Nic mi nie trzeba, dzięki — pokręciła głową. — Jedźmy na komisariat i zobaczmy, czy chociaż odzyskamy twoje auto.

— Mój paszport też jest w torbie. Reszta mnie mało obchodzi, ale jego wymiana byłaby uciążliwa.

— Kiedy wracasz? — zapytała, gdy wracali do miejsca, gdzie zostawiła samochód. Nie wspominał o dacie wyjazdu.

— Nigdzie się nie ruszam, dopóki ciocia Rose mnie potrzebuje — twarz Jasona stężała i Carla zrozumiała, że zamierza zostać, aż cierpienie ciotki się skończy, choćby to miało potrwać. Niezbyt długo, podejrzewała, biorąc pod uwagę kruchość Rose.

— Rozumiem — odparła cicho. — Nie masz pilnej potrzeby wracać do Guàlize?

— Mam urlop okolicznościowy tak długo, jak będzie trzeba — Jason uśmiechnął się krzywo. — Szef dobrze zna ciocię Rose. A właściwie zna jej paczki. Domowe ciastka, które zawsze mi wysyłała, były hitem w pułku, zwłaszcza na misjach.

To rozbawiło Carlę; uśmiechnęła się na myśl o postawnych, zahartowanych Rangersach, którzy błogosławią ciocię Rose Jasona, gdy pałaszują jej ciastka.

Na recepcji komisariatu był ktoś nowy, kogo Jason jeszcze nie widział. Młodszy, okrągłolicy, i z zapałem uśmiechnął się do Carli, kiedy podeszła do lady.

— Dzień dobry, panie Floydzie — ton Carli nie złagodniał; oparła obie dłonie o blat i wbiła w niego spojrzenie. — Teraz. Możemy to załatwić po dobroci albo po trudniejszej drodze. Mój klient, pan Hunter, został oczyszczony z podejrzeń w sprawie zabójstwa pani Bulridge i chce odzyskać swoje rzeczy.

— Rzeczy? — powtórzył Floyd, nieco klapnąwszy pod surowym spojrzeniem Carli i jej rzeczowym tonem.

— Tak. Jego torbę podróżną i zawartość, zabrane z jego pokoju w motelu podczas przeszukania przez McCarthy'ego. Skoro mój klient został oczyszczony, jego rzeczy nie są dowodem, policja nie ma podstaw, by je zatrzymywać, i chcę, żeby mu je zwrócono. Natychmiast.

Floyd zająknął się krótko, po czym powiedział: — Już wracam, pani Ramirez — i wstał z krzesła.

Carla i Jason byli zaskoczeni, gdy Floyd wrócił już po paru minutach, niosąc dwie przezroczyste plastikowe torby. W jednej była torba podróżna, w drugiej jej zawartość; Floyd położył na ladzie spis przedmiotów.

— Czy mógłby pan odhaczyć swoje rzeczy i podpisać odbiór, proszę? — zwrócił się do Jasona bardzo grzecznie.

— Upewnij się, że wszystko jest — powiedziała Carla, a Jason chwycił listę i rzucił na nią okiem.

— To wszystko, co przywiozłem, tak. — Rozdarł foliowe worki i spakował rzeczy z powrotem do torby. — Wygląda na to, że niczego nie brakuje. — Przekartkował paszport, sprawdzając, czy wciąż jest w nim długoterminowa wiza do Guàlize. — Tak, wszystko gra.

Floyd podał mu długopis i Jason go wziął. — Czekaj — zatrzymał się, zanim przyłożył długopis do papieru. — Mój samochód z wypożyczalni. Nie ma tu kluczyków.

— Nie, auto jest na policyjnym parkingu depozytowym. Tam mają kluczyki. Będzie pan musiał podjechać, żeby je odebrać — skrzywił się Floyd, gdy Carla posłała mu piorunujące spojrzenie. — Mogę zadzwonić wcześniej. Upewnić się, że wiedzą, żeby wydać panu samochód.

— Proszę tak zrobić — odwróciła się na pięcie Carla. — Idziemy na kawę, a potem jedziemy po samochód i *lepiej*, żeby mieli zgodę na wydanie.

— Tak jest, pani Ramirez — powiedział Floyd żałośnie do jej oddalających się pleców.

Rozdział dziewiąty

— Czemu ten biedak tak się ciebie boi, że jak tylko zmroziłaś go spojrzeniem, to omal nie narobił w gacie? — zapytał Jason, gdy wychodzili z komisariatu.

— Floyd? — Carla uśmiechnęła się pod nosem, rozłożyła z powrotem parasolkę, poprowadziła go przez parking do sąsiedniego budynku, który okazał się dużą piekarnią i kawiarnią. — Chodziliśmy do jednej klasy w liceum. Wiem o nim rzeczy, o których wolałby, żeby nikt się nie dowiedział. Zwłaszcza biorąc pod uwagę ścieżkę kariery, którą sobie wybrał.

Jason parsknął. — Ach, stara, dobra technika szantażu.

— To nie jest szantaż — odparła Carla z przesadną ogładą, choć uśmieszek nie zniknął jej z twarzy. — Nigdy tak naprawdę nie groziłam mu ujawnieniem jego sekretów.

— Bo nie musiałaś. Jego nadaktywna wyobraźnia już mu podsunęła każdy możliwy koszmar, jaki by się wydarzył, gdybyś to zrobiła — Jason pokręcił głową. — Jesteś przerażającą kobietą, Carlo Ramirez. — Pochylił się do jej ucha, gdy sięgała, by otworzyć drzwi, i wyszeptał: — Strasznie mnie to kręci.

Ucieszyła się, że stoi do niego tyłem i nie widzi nagłego rumieńca, który spłynął jej na policzki.

— Jason! — zapiszczał wtedy kobiecy głos, a śliczna blondynka wyskoczyła zza lady i rzuciła mu się na szyję. — Jason Hunter, jesteś miodem na moje oczy!

— Melissa — zaśmiał się, przytulił ją mocno i pocałował w policzek. — Mogę powiedzieć dokładnie to samo o tobie!

Uśmiechnęła się do niego, gdy postawił ją z powrotem na ziemi; uniosła dłonie i ujęła jego twarz. — No, popatrz na siebie. Lata były dla ciebie bardzo łaskawe. Przystojniejszy niż kiedykolwiek!

— A ty wyrosłaś z pięknej dziewczyny na olśniewającą kobietę — odparł Jason, biorąc jej dłonie i ściskając je. — Co tu robisz, pracujesz tutaj?

— To moje miejsce — oświadczyła Melissa z prostą dumą, promieniejąc od ucha do ucha.

— Naprawdę? — Jason rozejrzał się z uznaniem, zauważając ładny, nienachalny wystrój, kuszące zapachy kawy i cukru, wspaniały wybór ciast i wytrawnych przekąsek w lśniących, przeszklonych ladach. — No proszę, nieźle sobie poradziłaś!

— No cóż, ja i bank — roześmiała się, rozglądając się wokół. — Ale tak, zbudowałam ten biznes całkiem sama.

— Nikt w mieście nie pija kawy gdzie indziej — wtrąciła Carla, czując się dziwnie pominięta. I zazdrosna, choć wiedziała, że Melissa jest szczęśliwą mężatką. Dawno temu Melissa Darling i Jason Hunter byli złotą parą Woodvale High; gwiazda futbolu i główna cheerleaderka, para balu, ludzie, którymi każdy chciał być.

— *Ty* na pewno nie — Melissa szeroko się do niej uśmiechnęła, wypuściła jedną z dłoni Jasona i czule dotknęła ramienia Carli. — To co zwykle, skarbie?

— Poproszę. A ty co weźmiesz, Jason?

Spojrzał na tablicę z listą kaw specialty i uśmiechnął się. — Podwójny shot Guàlize Gold, czarna z dwiema łyżeczkami cukru, proszę. I coś tak słodkiego, że aż zęby bolą, z witryny.

Melissa zachichotała. — Wiem, co będzie idealne. Usiądźcie, przyniosę wszystko. — Puściła dłoń Jasona jeszcze raz, na pożegnanie, ściskając.

— Wiesz, że ona jest teraz mężatką — wyrwało się Carli, gdy usiadła.

— Wiem. Ona i Tim przysłali mi zaproszenie na ślub. Byłem wtedy w Afganistanie, dostałem je dopiero miesiąc po tym, jak ceremonia się odbyła.

— Och — Carla poczuła się dziwnie przybita. — Mają dwójkę dzieci. Bliźniaczki.

— Tego nie wiedziałem — powiedział Jason. — Ile mają lat?

— Yyy... około czterech, chyba? Jeszcze nie na tyle, żeby chodziły do szkoły. Mama Melissy ma je w dzień; często je widuję w parku, kiedy przejeżdżam. Obie są całe Melissa — blond i piękne.

— A to na pewno — Jason uśmiechnął się przez salę z czułym rozrzewnieniem, patrząc, jak Melissa krząta się za ladą, uśmiecha i wydaje polecenia obsłudze. Była jego pierwszym zauroczeniem, pierwszą dziewczyną, pierwszym pocałunkiem — to z nią odebrali sobie nawzajem dziewictwo tamtego dusznego, letniego wieczoru, dawno temu.

— Może powinieneś był zostać tutaj i ożenić się z nią, zamiast wstępować do armii — mruknęła Carla pół obrażona, w duchu ganiąc się za tę zazdrość — ale przecież niemal całe liceum spędziła, zazdroszcząc Melissie Darling. Czemu miała przestać akurat teraz?

— Broń Boże, nie — Jason odparł z taką żarliwością, że aż ją to zaskoczyło. — Ona chciała zostać tutaj, ustatkować się i bawić w domek z białym płotkiem. Ja nie mogłem się z Woodvale wynieść wystarczająco szybko.

To wywołało na ustach Carli nikły półuśmiech. — Ja też — przyznała — a jednak jakoś i tak wylądowałam z powrotem tutaj. Jak w Strefie mroku; coś cię wciąż wsysa z powrotem.

— Musiałaś mieć stąd lepsze wspomnienia niż ja.

— No weź, Jason, byłeś wtedy Panem Ideałem! Trener futbolu do dziś wspomina cię jako jedynego ucznia, który mógł pójść w zawodowstwo, twoje nazwisko wisi wciąż na kupie pucharów i tabliczek. Każdego ucznia po tobie przykładano do miary twojej doskonałości.

Jason przekrzywił głowę, przyglądając się jej z ciekawością. — Łącznie z tobą?

Carla miała ochotę zaprzeczyć, w końcu wzruszyła niechętnie ramionami. — Byłam najlepszą absolwentką w swoim roczniku — przyznała wreszcie. — Ze średnią GPA 4,2 i najwyższymi wynikami SAT, jakie kiedykolwiek osiągnięto w Woodvale. Później ukończyłam Stanford z wyróżnieniem summa cum laude — i moje nazwisko w Woodvale High prawie nikt już nie pamięta.

— Bo jesteś kobietą i nie byłaś gwiazdą futbolu — podsumował Jason, kręcąc głową z obrzydzeniem. — Seksizm ma się, niestety, doskonale. — Sięgając przez stół, położył dłoń na dłoni Carli. — Robisz na *mnie* wrażenie, Carlo.

Ogromne. Nieważne, co kto myśli, *ja* znam twoją wartość. Gniłbym teraz w celi, gdyby nie ty, na początek. Nie jesteś *mniej warta* od nikogo, a już na pewno nie ode mnie. Ja jestem tylko żołnierzem — technicznie rzecz biorąc najemnikiem.

— Nie sądzę, żeby kontrakt na szkolenie elitarnych oddziałów guàlizeańskich był tym samym, co przeciętny najemnik — Carla musiała się uśmiechnąć.

— A kiedy kontrakt się skończy, to co? Bez pracy, bez domu i z umiarkowaną umiejętnością spuszczania ludziom łomotu. A ty... ty jesteś mądra, Carlo. Masz wykształcenie, dyplom prawniczki. Prawnicy zawsze będą potrzebni, w Woodvale bardziej niż gdziekolwiek.

— Może to prawdziwy powód, dla którego wróciłam — powiedziała cicho. — Bo wiedziałam, że tutaj jestem potrzebna.

— Lepszego powodu nie ma. — Wciąż trzymał jej dłoń, patrząc jej głęboko w oczy. Ona odwzajemniła spojrzenie, gubiąc się w nim. Jego oczy były tak niebieskie, bezdenne. Kciuk rysował powoli ciepłe kółka na grzbiecie jej dłoni.

Cichy, zakłopotany kaszel sprawił, że oboje drgnęli i unieśli wzrok. Melissa stała obok z tacą zrównoważoną na jednej dłoni.

— Przepraszam, że przeszkadzam, nie zorientowałam się... — rzuciła znaczące spojrzenie na ich splecione dłonie.

Carla ze wstydem chciała cofnąć rękę, ale Jason zacisnął na niej palce. — Zaprosiłem Carlę na randkę przy kawie — powiedział do Melissy.

Melissa rozpromieniła się na nich oboje. — I słusznie — pochwaliła. Ostrożnie odstawiła dwie parujące filiżanki, postawiła talerzyk przy łokciu Jasona i się wycofała.

— Wygląda *grzesznie* — stwierdziła Carla, zerkając na talerzyk i śmiejąc się. Ogromny kawałek słynnego potrójnie czekoladowego sernika Melissy z chrupiącym miodowym karmelem, z czubami lodów i bitej śmietany obok, wyglądał obłędnie.

— Widzę, że potraktowała poważnie moje „aż zęby mnie rozbolą" — zaśmiał się Jason, niechętnie puszczając dłoń Carli i biorąc widelec leżący na brzegu talerzyka. — Wygląda fantastycznie.

— Będę słyszeć stąd, jak ci tętnice twardnieją — zachichotała, biorąc kubek z kawą i wdychając aromatyczną parę, gdy odchyliła się, żeby popatrzeć, jak je. Nabrał spory kęs i zjadł, a jego oczy się rozszerzyły.

— Mm. Mm!

— Dobre? — Carla była niemal pewna odpowiedzi, widząc, jak te niebieskie oczy półprzymykają się z rozkoszy, kiedy nabierał następny kawałek.

— Mmmm. — Mruknął nisko, zadowolony. Zaskoczył ją, gdy wyciągnął w jej stronę widelec, oblizując z warg okruszki łamanej czekolady. — Powinnaś spróbować.

— Och, nie. Naprawdę nie powinnam — próbowała się wzbraniać, ale wyglądało to naprawdę, naprawdę dobrze. Nigdy nie zamówiłaby całego kawałka dla siebie, ale może tylko gryzek... pochyliła się i rozchyliła usta.

Usta Jasona też się rozchyliły, gdy patrzył na Carlę; powoli uniósł widelec do jej warg, obserwując, jak zlizuje sernik z ząbków widelca, jak jej rzęsy opadają i miękko kładą się na policzkach, kiedy delektuje się słodyczą.

— Mm — przyznała po chwili, wciąż z zamkniętymi oczami. — Pyszne.

Jason naprawdę musiał się poprawić na krześle, kiedy spodnie stały się boleśnie ciasne. Carla wyglądała wtedy nieprawdopodobnie zmysłowo, a i tak silny pociąg do niej jeszcze się nasilił. Minęło dobrych kilka minut, zanim zorientował się, że po prostu się na nią gapi, z otwartymi ustami, trzymając w ręku widelec wciąż uniesiony w powietrzu.

— Nie będziesz jadł dalej? — Carla sięgnęła, wzięła widelec i ukradła kolejny kęs sernika.

Doskonale wiedziała, co mu robi — dotarło nagle do Jasona, kiedy jej oczy śmiały się do niego. — Jesteś naprawdę kłopotliwa — powiedział, a ona parsknęła na głos.

— Może.

— Jeszcze ci się odwdzięczę — odgraził się.

— Tak? — Odłożyła widelec na jego talerzyk i podniosła kubek. — I niby jak?

— Zmoczę się w deszczu i znowu zrzucę koszulkę w twojej kuchni? — Jason się wyszczerzył, odzyskując odrobinę panowania nad sobą.

— No, to działa. Możemy uznać, że jesteśmy kwita, biorąc pod uwagę, że już to zrobiłeś — odparła Carla, a jej spojrzenie zsunęło się na jego szerokie barki, potem niżej, na klatkę piersiową. — Masz jakąś szczególną słabość do T-shirtów o rozmiar za małych?

Oboje chichotali, gdy nagle w lokalu zapadła cisza. Głowa Jasona poderwała się, a on sam zganił się w duchu, że nie uważał, kiedy dostrzegł mężczyzn, którzy właśnie weszli.

Szeryf McCarthy podszedł do lady z pewnym krokiem, zupełnie ignorując Jasona, ale idący za nim mężczyzna przystanął i wlepił wzrok najpierw w Jasona, potem w Carlę.

Szczęka Jasona się zacisnęła, gdy po raz pierwszy od pięciu lat stanął twarzą w twarz ze swoim wujkiem, człowiekiem, który pomógł pozbawić go należnego mu udziału w biznesach Hunterów.

Philip Hunter.

— Jason — powiedziała Carla bardzo cicho. — Chcesz wyjść?

— Chyba lepiej. — Sięgnął do kieszeni po portfel, ale zobaczył, jak Melissa kręci do niego głową z drugiego końca sali.

— Mam otwarty rachunek. Po prostu chodźmy — wyszeptała Carla i oboje wstali, zostawiając kawę i pół zjedzone ciasto.

Nikt w pomieszczeniu nie odezwał się ani słowem, kiedy wychodzili, poza szeryfem, który głośno zamawiał swoją kawę. Philip tylko wpatrywał się w Jasona, gdy zbliżali się do niego. Jason nie spuścił wzroku i choć Carla szarpnęła go za rękaw, próbując go powstrzymać, zatrzymał się przed wujkiem i wbił w niego spojrzenie.

Mogli być braćmi, pomyślała Carla; Philip Hunter był po pięćdziesiątce, ale na pewno na tyle nie wyglądał. Miał co prawda fryzurę bardziej cywilną i wypielęgnowaną niż militarne cięcie Jasona, ale te same intensywnie niebieskie oczy, taki sam kształt twarzy, ten sam uparty zarys szczęki.

Ten upór powiedział Carli, że nie wyjdą z tego bez słów, co najmniej. Nawet McCarthy skończył już składać zamówienie i się odwrócił. Jego dłoń drgnęła w stronę pistoletu przy biodrze, a Carla bardzo świadomie się przesunęła, stając między McCarthym a Jasonem. Musiałby najpierw strzelić przez nią, a tu było mnóstwo świadków. *Chyba że po prostu strzeliłby nad jej głową* — pomyślała cierpko.

— Jason — odezwał się w końcu Philip. W piekarni nie było słychać żadnego dźwięku, nawet ekspresu do kawy. Kątem oka Carla dostrzegła, jak Melissa za ladą skręca ręce, strach malował się na jej twarzy.

— Philip — rzucił Jason w napiętą, aż dźwięczącą ciszę, płasko i twardo.

— Zamierzasz zostać w miasteczku długo?

— Tak długo, jak będzie trzeba.

To Philip pierwszy spuścił wzrok. — Jak *się* ma moja matka? — zapytał potem.

— Gówno ci do tego.

W lokalu rozległ się zbiorowy syk zaskoczenia, a dłoń McCarthy'ego mocniej zacisnęła się na rękojeści broni, ale Jason ciągnął dalej, nic sobie z tego nie robiąc.

— Byłeś w pełni zadowolony, że straci dom, żeby opłacić rachunki za leczenie. Założę się, że dyrektor banku zadzwonił do ciebie zaraz po tym, jak Rose zadzwoniła do niego. Była już o krok od podpisania umowy pożyczki, kiedy się o tym dowiedziałem i wkroczyłem. Więc nie udawaj, że w ogóle obchodzi cię jej dobro.

Na to Philip niewiele mógł odpowiedzieć. Rachunki Rose za leczenie byłyby dla niego groszami. Spróbował jednak.

— Nie prosiła mnie o pomoc.

Wyraz twarzy Jasona był czystą pogardą. — Mnie też nie prosiła o pomoc. Zabawne, co?

— Wciąż jest moją matką, Jason!

— Zrzekłeś się tego prawa, kiedy próbowałeś odebrać jej nawet to niewiele, co zostawił jej Paul w testamencie — warknął Jason. — A potem latami dbałeś o to, żeby *moja* matka nie mogła w tym mieście nawet znaleźć pracy. To wiesz co? Pieprz się. Nie będę tańczył, jak mi zagrasz — ani teraz, ani nigdy. Rose nie chce cię widzieć, więc *trzymaj się, kurwa, z daleka*.

Philip milczał, a Jason w końcu obrócił się na pięcie i ruszył w stronę drzwi. Carla zerknęła jeszcze na McCarthy'ego, po czym podążyła za Jasonem i dogoniła go na parkingu, gdzie stał, opierając obie dłonie na masce jej samochodu i głęboko oddychając. Deszcz ustał, w powietrzu wisiała tylko cienka, wilgotna mgiełka. Pasowała do jej nastroju, pomyślała Carla — posępnego i przygnębionego; randka, która zaczęła się — i toczyła — tak obiecująco, była teraz kompletnie zepsuta. Zerknęła w stronę piekarni. Z wewnątrz nie mogli ich teraz widzieć. Podchodząc do Jasona, położyła dłoń na jego dłoni, czując pod palcami chłód metalu maski.

— Chciałem mu przywalić — powiedział Jason zachrypniętym głosem.

— Wiem. Ale McCarthy tylko czekał na pretekst.

— Taa. — Nic więcej nie powiedział; tylko obrócił dłoń pod jej dłonią, by spleść palce, i spojrzał na nią z góry, a jego oczy płonęły ledwo tłumioną emocją.

— Wróćmy do mnie — powiedziała Carla, i oboje dokładnie wiedzieli, o co prosi.

— Nie mam nastroju na delikatność.

— Ostro mi odpowiada. — Jeden kącik jej ust drgnął, a Jason skinął głową, wbijając w nią spojrzenie.

— Chodźmy.

ROZDZIAŁ DZIESIĄTY

W CZASIE KRÓTKIEJ DROGI powrotnej do domu Carli żadne z nich nie odezwało się słowem. Carla otworzyła drzwi, weszła do środka i natychmiast została przyciśnięta do ściany przez twarde ciało Jasona, który kopnięciem zatrzasnął za nimi drzwi. Była dla niego zbyt niska, by mógł ją wygodnie pocałować, więc wsunął dłonie pod jej uda i uniósł ją, niemym gestem zachęcając, by oplotła go nogami w pasie, gdy jego usta odnalazły jej usta w gorącym, dzikim pocałunku.

Carla była nie tylko chętna; była spragniona. Oplotła ręce wokół szyi Jasona, nogi wokół jego szczupłych bioder. Wcisnęła palce w tył jego głowy, paznokciami zadrapała mu skórę, przyciągając go bliżej, i odwzajemniła pocałunek z równą żarliwością.

Jason zrzucił polar, nagle było mu stanowczo za gorąco, gdy Carla oplatała go całym ciałem. — Sypialnia — odsunął usta od jej ust na tyle, by to powiedzieć.

— Na górze — wydyszała. — Za daleko...

W pełni się zgadzał, ale wciśnięci w ścianę w korytarzu też się nie nadawali, a na podłodze były płytki, nie dywan. — Chcę łóżka — odsunął się od jej łapczywych, szukających ust. — Do tego, co chcę ci zrobić... potrzebujemy łóżka.

Carla jęknęła z potrzebą, zostawiając wilgotne, ssące pocałunki na jego szyi. Ostro ząbki zwarły się na jego płatku ucha, ponaglając go, by się pospieszył, i Jason o mało nie stracił rozumu. Warknął pod nosem, ruszając szybkim krokiem do kuchni — pamiętał, że z tyłu pomieszczenia widział schody. Pokonał je po dwa stopnie naraz; lekkość Carli była niczym dla mężczyzny, który potrafił spędzać całe dni z plecakiem i ładunkiem broni cięższym niż ona. Choć, przemknęło mu przez myśl, zwykle nie musiał tego robić, gdy spodnie brutalnie uciskały wzwód rwący się na wolność.

Sypialnia Carli była umeblowana prosto, zdążył zauważyć jednym rzutem oka: gładkie, kremowe ściany, meble z wyszorowanej sosny, neutralna narzuta. Jedynym barwnym akcentem była cudowna tkanina ścienna w odcieniach ochry i rdzy; pomyślał, że to może być wyrób ludu Cree, i mgliście postanowił zapytać o to Carlę później. Teraz jednak szarpała zachłannie za jego koszulkę, ocierała się o niego, kręcąc biodrami wolnymi kółkami, i Jason zapomniał o wszystkim w rozpaczliwej potrzebie, by się w niej zanurzyć.

Runęli razem na łóżko, szamocząc się przy gwałtownym zdejmowaniu ubrań, *potrzebując* czuć skórę na skórze. Carla rozdarła nowy T-shirt Jasona; on przypadkiem zerwał guzik od jej spodni. Sznurowadło przy bucie zawiązało się w supeł i zaklął siarczyście.

— Proszę... — niemal zaszlochała Carla, wyswobadzając się z ostatnich części garderoby, podczas gdy Jason szarpał wrednym sznurowadłem. W końcu udało mu się je rozplątać, cisnął but przez pokój i odwrócił się, by spojrzeć na nią łakomie. Leżała na poduszkach i rozkładała do niego ramiona.

Skóra Carli była złocista na całym ciele, miękka, ciemna, bez skazy, jak bursztyn. Krucze loczki między udami wcale nie kryły dowodu jej pożądania, gdy celowo uniosła kolano, dając mu idealny widok na swoją cipkę, wilgotną i lśniącą od śluzu.

— O kurwa — wychrypiał Jason, wpatrzony. — Kurwa, jesteś taka piękna.

Była olśniewająca: drobna, lecz jędrnie umięśniona, małe piersi zwieńczone pełnymi, nabrzmiałymi, brązowymi sutkami, których nagle rozpaczliwie zapragnął posmakować.

— Mogłabym powiedzieć to samo o tobie — rzuciła Carla łapczywie, chłonąc wzrokiem jego potężny tors, ciężko wypracowane, grube bicepsy, które napinały się, gdy wtaczał się na łóżko i sięgał po nią.

— Pragnąłem cię od chwili, gdy pierwszy raz cię zobaczyłem, jak pyskowałaś McCarthy'emu i jego brygadzie osiłków — wyznał Jason, niemal z czcią obejmując dłońmi jej piersi. — Tyle ognia i pasji. Mogłem myśleć tylko o tym, jaka będziesz w łóżku. — Ścisnął palcami jej sutki na granicy bólu, a Carla wygięła się pod nim z gardłowym jękiem. — Jaki masz smak. — Spojrzał na jej cipkę, a ona w odpowiedzi zgięła smukłą nogę i zarzuciła ją na jego bark, naciskając piętą w jego plecy.

— To może się przekonasz? — zasugerowała.

Jason nie potrzebował drugiego zaproszenia. Zsunął się w dół łóżka, zostawiając na jej brzuchu gorące, rozchylone pocałunki, aż ułożył się między jej udami; silne dłonie wsunął z powrotem pod jej uda, by obie nogi spoczęły mu na ramionach.

Pierwsze muśnięcie było długim, powolnym pociągnięciem języka od samego wejścia aż po łechtaczkę; Carla jęknęła i zadrżała, gdy drugie powtórzyło tę samą ścieżkę, po czym Jason zaczął droczyć się nad jej łechtaczką, szybko liżąc.

Zdecydowanie wiedział, co robi na dole — pomyślała odurzona Carla, gdy jego język wirował i zanurzał się. Dołączył gruby palec, delikatnie rozchylając wargi sromowe, zataczając powolne kółka wokół wejścia, po czym nagle wbił się głęboko.

— O kurwa, tak — dyszała, biodra odruchowo wyrwały się w górę; Jason zachichotał nisko w jej wargi, po czym zamknął usta i zaczął ssać jej łechtaczkę, każde zassanie idealnie zsynchronizowane z pchnięciem palca. Wkrótce dołączył drugi palec, a potem trzeci — Carla aż pisnęła — czuła się wypełniona po brzegi, gdy przyspieszył ruchy, zaginając palce tak, by zrogowaciałe opuszki przy każdym zdecydowanym pociągnięciu pocierały jej najczulszy punkt. Jej palce zacisnęły się w prześcieradle, z ust wyrwały się bezsłowne okrzyki, a nagły wybuch fajerwerków za oczami zepchnął ją z krawędzi w dół spirali.

Jason uśmiechnął się szeroko, gdy jedwabiste mięśnie jej wnętrza nagle spazmatycznie zacisnęły się na jego palcach. Nie była cicha w swojej namiętności — ekstatyczne okrzyki odbijały się od ścian, gdy jej drobne ciało podrygiwało na materacu, pięty wbiły mu się w plecy, przytrzymując jego usta dokładnie tam, gdzie ich potrzebowała. Lizał dalej, wolniej i delikatniej, gdy opadała z orgazmicznego szczytu, drażniąc czubkiem języka po okręgu spuchniętego, pulsującego guzka łechtaczki, aż zdjęła nogę z jego ramienia i odepchnęła go małą stopą.

— Dość — wymamrotała.

— Tak? — zastanawiał się, czy i tak nie ciągnąć dalej. Wciąż miał trzy palce głęboko w niej; zagiął je i jeszcze raz nieśmiało musnął jej punkt G. Jęknęła.

— *Jason*. Za czułe!

— Dobra — westchnął, delikatnie wysuwając palce i cofając się. Otworzyła oczy spod ciężkich powiek, by na niego zerknąć, gdy usiadł na piętach; obdarzyła go leniwym uśmiechem.

— Daj mi tylko minutkę — bełkotała Carla. Całe ciało brzęczało jej w poświacie tego spektakularnego orgazmu; intensywność przeciągnięta fachowymi ustami i palcami Jasona.

— Jedna minuta i ani sekundy dłużej — powiedział Jason — a potem przybijam cię do tego łóżka.

Sama myśl, wzmocniona obietnicą w jego głosie, sprawiła, że Carla zadrżała od nagłego przypływu pożądania. Spojrzała w dół jego ciała, gdzie jedną dłonią obejmował kutasa, powoli go pompował. Był równie gruby i potężny jak reszta jego wyrzeźbionych mięśni, a na czubku połyskiwała perlista kropelka. Nieświadomie oblizała wargi, wpatrzona.

— No — wychrypiał Jason — masz cholernie ładne usta. Myślałem też o tym, żeby zobaczyć te miękkie wargi owinięte wokół mojego kutasa. Chcesz tego, co?

Chciała; chciała go posmakować, poczuć jego ciężar w ustach. Oblizując znów wargi, Carla skinęła głową.

— Chodź, wyruchaj mi usta — rozkazała, a on wyszczerzył zęby. Przesunął się nad nią, klękając okrakiem na jej barkach, pochylił się, opierając dłonie na wezgłowiu łóżka, tak że spuchnięta, zaczerwieniona główka jego wzwodu zawisła o cal nad jej ustami. Wysunęła język i zlizała kropelkę z czubka, a Jason zawył.

— Wet za wet — powiedziała Carla niby prymnie, a oczy śmiały się do niego, zanim ten zuchwały języczek znów wystrzelił, tym razem łagodnie drażniąc wędzidełko.

— Jezu — wychrypiał Jason, gdy jej dłonie dołączyły do zabawy: jedną zacisnęła tak nisko u nasady jego kutasa, jak zdołała, a drugą od tyłu objęła jego udo i lekko ujęła, potoczyła między palcami spuchnięte, bolące jaja. — O, *kurwa*, Carla!

Szarpnęła pewnie za jego kutasa, ściągając go niżej, zachęcając, by rozstawił kolana trochę szerzej. Ufając, że zna własne granice i się nie zadławi, Jason uległ niememu żądaniu, zsunął się niżej i pozwolił, by wzięła go głęboko do otwartych ust. Odchylił głowę w ekstazie, wpatrzony w sufit, rozkoszując się mokrym, cudownym żarem jej ust i zręcznością języka, który pracował i wirował po wrażliwych miejscach, o których ledwo pamiętał. Ssała go jak ulubionego lizaka, zdesperowana, by wyciągnąć cały smak.

— Nie — wychrypiał Jason nagle, gwałtownie się cofając, a Carla krzyknęła z rozpaczy, gdy jego kutas wyszarpnął się z jej ust. — Nie, choć twoje usta są cudowne, nie chcę tam dojść. Nie tym razem. — Jego niebieskie oczy pociemniały, gdy patrzył na nią leżącą tam z wilgotnymi, spuchniętymi wargami, z oczami zamglonymi od namiętności.

— Masz prezerwatywy, Carla?

— Górna szuflada — machnęła niewyraźnie w lewo, a on sięgnął do szafki nocnej, przez chwilę miotał się w środku, odgarniając jedwabną bieliznę, aż palce zacisnęły się na kwadratowym pudełku. Został klęcząc nad jej twarzą, gdy naciągał prezerwatywę, po czym cofnął się, by uklęknąć między jej udami.

— Wciąż nie mam nastroju na delikatność — mruknął Jason — więc lepiej złap się czegoś.

Wzięła jego słowa do siebie, sięgając za głowę, by objąć palcami drewniane szczeble wezgłowia, mocno zacisnęła dłonie na grubszym środkowym i usztywniła się.

— Dobrze. Mówiłem, że nie chcę delikatnie.

Jason spojrzał na Carlę, leżącą tam chętną i gotową, i dłużej nie mógł się powstrzymać. Klęcząc między jej udami, objął jej biodra i uniósł, podciągając jej tyłek, by ustawić ją idealnie, gdy pochylił się, a jego opięty lateksem kutas naparł, by w nią wejść. Ugięła kolana i oparła stopy o materac, dysząc z rozkoszy, gdy czubek jego członka musnął jej łechtaczkę, po czym powoli wcisnął się w jej nasiąknięte wejście.

— Och, tak — odetchnęła Carla, odrzucając głowę na poduszkę. — Och, *jasna cholera*, tak.

Jason nie znalazł słów; czuł się zbyt wspaniale, gdy wciskał się w Carlę głęboko i czuł, jak jej ciasny kanał powoli rozszerza się, by go pomieścić. Była drobna, a on hojnie obdarzony; więc robił to powoli, ostrożnie. Przynajmniej dopóki nie zahaczyła nogą o jego biodro i nie szarpnęła z żądaniem.

— Więcej. No dalej, Jason, potrzebuję *więcej*, daj mi to!

Nie miał szans oprzeć się temu tonowi, pół rozkazowi, pół błaganiu, i spojrzeniu, którym go obdarzyła. Jedno szorstkie pchnięcie bioder i był osadzony po nasadę, wszedł w nią do końca, jęcząc z rozkoszy, gdy ciasne, śliskie mięśnie ścisnęły go mocno.

— *Kurwa*, jakie to dobre — wymamrotał. — Tak cholernie ciasno.

Teraz Carla nie była w stanie mówić; poza słowami, miotała głową na poduszce, a biodra toczyły się, gdy głębokie pchnięcia Jasona naciskały dokładnie tam, gdzie trzeba, w głębi niej. Z jej ust wydobywały się niskie, bezsłowne okrzyki; jego palce zacisnęły się, przytrzymując ją w miejscu, po czym zaczął się ruszać w powolnych, płytkich pchnięciach — przynajmniej na początku. Upewniony oczywistą przyjemnością, jaką jej sprawiał, wkrótce przyspieszył, bijąc mocno i szybko, długimi, głębokimi ruchami, które wyrywały z niej poszarpane krzyki rozkoszy.

Gdy znajome mrowienie u nasady kręgosłupa ostrzegło, że jego własny finał jest blisko, Jason zdjął dłoń z biodra Carli i wsunął ją między ich ciała, by kciukiem pocierać jej łechtaczkę, zataczając po niej szybkie kółka, jednocześnie nadal w nią wbijając. Jej okrzyki podniosły się tonem, włosy miotały się po poduszce, i nagle *doszła*; zacisnęła się na Jasonie tak mocno, że na moment zobaczył gwiazdy, jej drobne ciało wiło się i skręcało pod nim.

Nie miał szans się powstrzymać przed ciasnym, mokrym uściskiem jej cipki ssącej jego kutasa, nawet gdyby chciał. Z niskim, gardłowym jękiem odpuścił, wyprowadził jeszcze kilka drżących pchnięć, po czym odchylił głowę i ryknął rozkoszą aż po sufit, gdy strumień za strumieniem gorącego nasienia wystrzeliwał z jego kutasa głęboko w gorący tunel Carli.

Schodząc z własnego szczytu, Carla zdołała jeszcze docenić widok, gdy napięły się mięśnie ramion i klatki piersiowej Jasona, a ścięgna na jego szyi wystąpiły, gdy odchylił głowę. Wyglądał wspaniale, pierwotnie; to był niesamowicie intensywny moment, gdy poczuła żar jego nasienia zalewający ją głęboko, pulsowanie jego kutasa. Jęknęła od małej fali odnowionej rozkoszy, gdy drgnął w niej, a on spojrzał na nią i uśmiechnął się, jego niebieskie oczy przymknięte od spełnienia.

Powoli i ostrożnie Jason opuścił biodra Carli na materac, wysuwając się z niej równocześnie. Wiedział, że powinien pójść do łazienki i się ogarnąć, ale w tej chwili nie był zdolny do niczego poza położeniem się obok Carli; każdy mięsień rozluźniony, całe ciało nucące z przyjemności, gdy wtuliła się w jego bok i położyła głowę na jego piersi. Owinął ją grubym, umięśnionym ramieniem i pogładził ją delikatnie po krzyżu. Wydała z siebie zadowolony pomruk, a Jason się uśmiechnął.

— Wszystko w porządku, ślicznotko?

— Mhm — przytaknęła, tuląc policzek do jego piersi. — No.

— Pierwszy raz widzę, jak nie trajkoczesz — droczył się, a ona podniosła głowę i posłała mu ostrzegawcze spojrzenie. Parsknął, przetoczył się nieco, by znów ją pocałować.

Temu pocałunkowi brakowało już tamtej nagłości, ale wcale nie był mniej namiętny. Gdy pierwsza fala gorąca została zaspokojona, mogli wreszcie posmakować i po-

drażnić siebie nawzajem, badać swoje potrzeby i upodoba-
nia. Carla wspięła się, by usiąść na Jasonie okrakiem,
nie przerywając pocałunku, a jej dłonie łapczywie badały
twarde płaszczyzny jego klatki piersiowej i barków. Jego
dłonie sięgnęły jej piersi, kciuki musnęły sutki, aż jęknęła
mu w usta.

— Lepiej ze mnie zejdź — przerwał chrapliwie — bo
muszę zmienić tę prezerwatywę.

Skrzywiła się, ale widziała sens. — Pospiesz się
— rozkazała tonem, który nie dopuszczał sprzeciwu,
zeskakując, by go puścić — bo jak wrócisz, ujeżdżę cię jak
narowistego mustanga.

— O Jezu, dzięki Ci, że zesłałeś mi tę kobietę —
powiedział Jason żarliwie, zerkając w sufit, po czym zsunął
się z łóżka i pognał do łazienki. Gdy wrócił, Carla miała
już otwartą i gotową kolejną prezerwatywę; nie trzeba go
było namawiać, by się położył i pozwolił jej ją na niego
zsunąć. Już znów twardy, jęknął z rozkoszy, gdy jej palce
objęły go, prześledziły kształt, objęły jaja i ścisnęły próbnie,
odkrywając, co lubi.

— Chodź, wskakuj — zaprosił, obejmując dłonią pod-
stawę członka, stawiając go na baczność. — Chcę widzieć,
jak te ładne piersi podskakują mi przed twarzą, kiedy
będziesz na mnie jeździć. Chcę patrzeć, jak bierzesz swoją
rozkosz na moim kutasie.

Carla uśmiechnęła się, dosiadając go; przerzuciła nogę
przez jego uda i ustawiła się nad czubkiem jego kutasa.
Musiała się rozciągnąć; nie był bynajmniej mały. Pot na jej
czole zabłysnął, gdy powoli osiadała na nim.

— Właśnie tak — Jason musiał zacisnąć pięści na
prześcieradle, żeby nie chwycić Carli za biodra i po prostu
nie wbić się w nią, tak dobrze było; ale wiedział, że wtedy

by ją zranił. Była drobna i musiała brać go w swoim tempie.
— O kurwa, tak, skarbie, właśnie tak. No. No, bierz go całego, *ahhhh*... — urwał w niskim jęku, gdy naparła nagle, dokładając drobny skręt biodrami.

— Mmm, to dobre — zamruczała Carla, pochylając się, by pocałować Jasona, a twarde sutki tarły mu o klatkę piersiową. Mruknął, gdy się przesunęła, po czym jego dłonie powędrowały do jej bioder, chwycił je pewnie i zatrzymał, gdy chciała się nieco cofnąć.

— Nie, właśnie tam.

— Guh — tylko tyle zdołała wydobyć z gardła. Kąt sprawiał, że główka jego kutasa napierała prosto na jej punkt G, a on o tym wiedział — widziała to po chytrym uśmiechu.

— Dobrze?

— Ugh! — Celowo wbiła paznokcie w jego barki. — Pozwól mi się ruszać, do cholery!

Roześmiał się szorstko i pozwolił jej się wyprostować, a jego dłonie przeniosły się do jej piersi, ciągnąc i drażniąc sutki. — No dalej, mała. Mówiłaś, że mnie ujeździsz. Pokaż, jak potrafisz galopować.

Carla zaśmiała się bez tchu, jej biodra zaczęły kołysać się w przód i w tył; oparła dłonie na udach dla stabilizacji i napięła mięśnie nóg, narzucając szybkie tempo. — Na pewno wytrzymasz, żołnierzu?

— Przekonaj się.

Była więcej niż chętna, by dać z siebie wszystko; przyspieszyła kołysanie biodrami, rozkoszując się tym, jak chropowate opuszki palców Jasona igrają z jej sutkami, posyłając przez ciało błyskawice rozkoszy. Nagle puścił — a z jej ust wyrwał się protestujący jęk rozczarowania.

— Chodź — Jason chwycił jej dłonie i uniósł je. — Ty się nimi zajmij. Ja chcę znów pobawić się twoją łechtaczką.

Carla nie miała z tym problemu; ujęła sutki, zaczęła je pocierać i ściskać, wiedząc jeszcze lepiej niż Jason, jakiego nacisku użyć. Z niego wyrwał się jęk.

— Kurwa, to jest takie seksowne! Co ty ze mną robisz... — pokręcił głową, a potem jego ciepła dłoń przywarła do jej wzgórka, kciuk i palec wskazujący wsunęły się w szczelinę i lekko uszczypnęły już i tak czułą łechtaczkę.

— O Boże, zaraz znowu dojdę — wysapała Carla, czując znajome mrowienie, które zaczęło rozchodzić się po nerwach.

— Ja też, śliczna — głos Jasona był ochrypły, biodra szarpnęły ostro w górę, przejął rytm, gdy ona się załamała i nie była w stanie go utrzymać. — O kurwa, jesteś taka piękna, kiedy dochodzisz... — znów zaciskała się na nim, usta rozchylone w długim, niskim jęku, głowa odrzucona. Puścił jej piersi i zacisnął dłonie na jej biodrach, trzymając ją równo, gdy pchał szybciej i mocniej, goniąc swój finał. Nie trwało długo, nim go dopadł — puls orgazmu przebiegł przez jego ciało. Zastygł, wcisnął się w Carlę tak głęboko, jak tylko zdołał, delektując się tym, jak jej ściany obejmują jego pulsującego kutasa.

ROZDZIAŁ JEDENASTY

— OPOWIEDZ MI O Julii Bulridge — poprosił Jason. Leżeli razem w łóżku Carli, jej głowa spoczywała na jego piersi, a jego dłoń lekko gładziła jej włosy. — Ta sprawa wydaje się dla ciebie naprawdę osobista. Była twoją klientką?

— Nie, nie była — powiedziała Carla z westchnieniem, przesuwając się i opierając podbródek na dłoniach, patrząc mu w oczy. — Nie znałam jej, nie tak, żeby zamienić słowo, chociaż kiedy zaczęły się pojawiać plakaty, uświadomiłam sobie, że widywałam ją w miasteczku. Wiesz, jak to jest.

Jason skinął głową. Woodvale było małym miasteczkiem; można nie znać wszystkich z imienia i nazwiska, ale jeśli mieszkało się tu wystarczająco długo, większość ludzi rozpoznawało się z widzenia. Carla i Julia pewnie mijały się wielokrotnie, nie rozmawiając ze sobą — w sklepie spożywczym, w piekarni Melissy czy w bibliotece.

— Brałaś udział w poszukiwaniach? — Zgadzał się, że całe miasteczko musiało ruszyć do przeczesywania terenu, przynajmniej lasów w pobliżu.

Carla skinęła głową. — Tak, wychodziłam z kilkoma grupami poszukiwawczymi. Musiałam. — Zacisnęła na moment powieki, jakby zbierała siły. — Widzisz, to nie była moja pierwsza taka sytuacja. Cztery lata temu zaginęła moja mama.

Ramiona Jasona odruchowo zacisnęły się wokół niej, gdy zesztywniał z wrażenia. — Twoja *mama*?

— Miała wczesną demencję. — Carla wyraźnie miała trudność z wydobyciem z siebie słów — ona, której zwykle przychodziły tak naturalnie — więc Jason milczał, cierpliwie czekając, aż znajdzie te, których potrzebowała. — Pracowałam w Seattle, uczyłam się do egzaminu adwokackiego w stanie Waszyngton. Kiedy Mama zachorowała, wróciłam do domu, żeby się nią zająć, ale to postępowało tak szybko. W ciągu paru miesięcy przestała mnie poznawać, nie poznawała nikogo. Wychowała się w San Antonio w Teksasie, zaczęła mówić, że chce tam wrócić, a ja rozważałam wyjazd, może nawet umieszczenie jej w domu opieki na miejscu, jeśli miałoby jej być lepiej w znajomym otoczeniu.

W oczach Carli zaszkliły się łzy — wspomnienia były dla niej boleśnie ciężkie do wydobycia. Jason bez słowa gładził jej włosy, starając się dodać otuchy, jak umiał.

— Mama zwykle ucinała sobie popołudniową drzemkę. Zaczęłam wtedy chodzić na krótki spacer albo wyskakiwać po zakupy, gdy spała; w dniu, kiedy zniknęła, nie było mnie nawet pół godziny, ale kiedy wróciłam, drzwi wejściowe były otwarte, a jej nie było.

— Mieszkałaś wtedy tutaj?

Carla potrząsnęła gwałtownie głową. — Nie, mieszkałyśmy przy Stony Creek Road.

Usta Jasona ułożyły się w bezgłośny gwizd. Doskonale znał Stony Creek Road. Nie prowadziła donikąd szczególnego — odchodziła w las i w końcu się urywała. Głównie jeździły tamtędy ciężarówki z drewnem; przy drodze stało kilka małych domów na pięcio- lub dziesięcioakrowych działkach, ludzie trzymali po kilka zwierząt, tak to zwykle wyglądało.

— Pojechałaś do miasteczka?

— Do sklepu, tylko po kilka rzeczy. Mama była bardzo samodzielna — trzymała kury i kozę mleczną, uprawiała większość warzyw, nawet piekła własny chleb. Nadal lubiła to wszystko robić, a ja jej w tym pomagałam. Lekarz mówił, że to pomoże przy demencji — żeby przypominać jej codzienną rutynę. Skończyła nam się kawa, więc pomyślałam, że tylko szybko podskoczę do miasteczka; to raptem dziesięć minut w jedną stronę, a ona zawsze spała co najmniej godzinę.

— Zamknęłaś drzwi na klucz? — Już w chwili, gdy pytał, Jason wiedział, że to głupie pytanie. Ludzie mieszkający przy Stony Creek Road rzadko zamykali drzwi, bo większość nie miała nic, co warto by ukraść. Bardzo możliwe, że zamek w drzwiach w ogóle nie działał, a jeśli działał, to Mama Carli bez trudu otworzyłaby je od środka.

— Nie — powiedziała Carla, spuszczając wzrok. — Tylko pociągnęłam je za sobą, nawet o tym nie pomyślałam. I tak by to Mamy nie zatrzymało, gdyby postanowiła wyjść.

— Gdyby drzwi były zamknięte, a zamek wyłamany, byłby to dowód, że nie wyszła z własnej woli — powiedział Jason.

— Dlatego nigdy sobie nie daruję, że ich nie zamknęłam, bo może wtedy policja potraktowałaby mnie poważnie. Minęły dwadzieścia cztery godziny, zanim szeryf w końcu uznał, że Mama jest osobą zaginioną, i raczył pomóc w poszukiwaniach. Do tego czasu byłam zdana na siebie.

— Strasznie mi przykro — powiedział Jason, wiedząc, że to marne pocieszenie, ale czując, że musi to wyrazić. — Nie znaleźliście żadnego śladu?

— Nic. Ani cholery, i dlatego nie mogę tego kupić. Żyłyśmy blisko ziemi, ale Mama nie lubiła lasu. Nigdy by się tam nie zapuściła, a gdyby wyszła na drogę, ktoś by ją zobaczył i podwiózł. Wszyscy mieszkający przy tamtej drodze ją znali i nie ma opcji, żebym minęła ją po drodze z powrotem, nie zauważając — to byłoby niemożliwe. — Głos Carli podniósł się o ton, wraz z narastającym wzburzeniem. — Nigdy nie byłam w stanie zaakceptować, że Mama po prostu zniknęła, a zniknięcie Julii wszystko odgrzebało, bo okoliczności były tak podobne, rozumiesz? A potem ty zjawiasz się z tą szaloną historią o Julii w lesie, ona nagle się znajduje martwa i ja... ja ci całkowicie wierzę, co oznacza *co się z nią stało*? I czy to, co ją spotkało, spotkało też Mamę?

Trzęsła się z emocji, łzy spływały jej po policzkach. Obejmując ją i przyciągając mocno, Jason powiedział stanowczo — Cokolwiek spotkało Julię i twoją Mamę, czas dopilnować, żeby nigdy więcej nie spotkało to nikogo innego.

— C-co masz na myśli? — Jej głos był przytłumiony przy jego szyi, ale wyraźny.

— To znaczy, że czas wyciągnąć na światło dzienne wszystkie brudne sekrety, które Woodvale ukrywa. Biuro szeryfa wyraźnie nie traktuje tych zaginięć poważnie, więc ja to zrobię.

— Jason, co zamierzasz zrobić? — Carla odsunęła się, unosząc twarz, by na niego spojrzeć.

— Pomogę ci prowadzić śledztwo.

— To nie twoja walka... i już masz niezły cel namalowany na plecach — pokręciła głową, marszcząc brwi z troską.

— Stała się moją walką w chwili, gdy Julia Bulridge błagała mnie o pomoc — nie zgodził się Jason. — Zawiodłem ją i czuję, że część winy za jej śmierć spada na mnie. Gdybym zdołał ją przy sobie zatrzymać i odprowadzić do miasteczka albo gdybym został w lesie i odnalazł ją sam zamiast iść do biura szeryfa, czy wciąż by żyła? Bo muszę się zastanawiać, czy nie zabito jej właśnie dlatego, że ją zobaczyłem. Musieli ją jakoś „pokazać", a martwa, z morderstwem zwalonym na mnie, była jedyną wygodną opcją. Jedyną, która uniemożliwiała jej opowiedzenie komukolwiek, gdzie była.

Carla wpatrywała się w niego z rozszerzonymi oczami. — Uważasz, że ktoś ją gdzieś przetrzymywał? Dlaczego?

— To jest pytanie za milion, prawda?

Przez chwilę milczeli, rozważając wszystko, zanim Carla odezwała się cicho — A drugim ważnym pytaniem jest *kto*, prawda?

— Jeśli odpowiemy na pytanie *kto*, zrozumiemy *dlaczego*. Albo rozgryzienie *dlaczego* doprowadzi nas do *kto*. Tak czy inaczej, zbyt wielu ludzi zniknęło w tym miasteczku bez śladu. To się kończy *teraz*. — Zaciął szczękę, w oczach miał determinację. Carli przypominał uwiązanego psa bojowego — muskularnego i przerażająco silnego — który cierpliwie czeka na komendę, by uwolnić furię.

Jason Hunter byłby groźnym przeciwnikiem, ale był też sojusznikiem, jakiego Carla nigdy wcześniej nie miała w swojej próbie wyjaśnienia, co spotkało jej mamę. Przy nim u boku poczuła przypływ czegoś, co niemal brzmiało jak nadzieja.

— Obiecasz mi — powiedziała — że nie odpuścisz?

— Rangerzy nigdy nie odpuszczają, proszę pani. — Spojrzał jej prosto w oczy. — Chociaż na pierwszym miejscu muszę teraz mieć Ciotkę Rose, obiecuję ci, że nie wyjadę z Woodvale, dopóki nie pomogę ci to wszystko rozwiązać.

— Wystarczy mi — skinęła głową Carla i nachyliła się, by przypieczętować umowę pocałunkiem. Mięśnie Jasona napięły się wokół niej i nagle ich obrócił, przetaczając ją na plecy.

— Ktoś musi pilnować twoich pleców — powiedział poważnie. — Ty pilnowałaś moich do tej pory. Chcę, żebyś wiedziała, że ja mam twoje, Carla, bez względu na to, jak to się potoczy. — Skinął w stronę ich nagich ciał, ściśle do siebie dociśniętych. — Cokolwiek się wydarzy, nigdy nie zostawię cię na lodzie, kiedy źli będą się zbliżać.

To zasługiwało na kolejny pocałunek, więc oplotła ramionami jego szyję, by go mu dać. Czując, jak znów twardnieje przy jej udzie, odsunęła się i uśmiechnęła do niego. — Musisz gdzieś być?

— Na razie nie — pokręcił głową, odwzajemniając uśmiech. — A ty?

— Nie mam umawianych wizyt aż do jutra rano.

— Cóż, wypadałoby, żebym wrócił do Ciotki Rose na kolację, ale do tego czasu jestem cały twój.

— Świetnie. — Sięgnęła do szafki nocnej i w otwartej szufladzie wymacała pudełko z prezerwatywami. — Nie traćmy więc czasu.

Uśmiechnięty, Jason przejął opakowanie z dłoni Carli, gdy mu je podała. — Jak chcesz, skarbie? — zapytał z łobuzerskim błyskiem, zerkając na nią z góry. — Wolno i czule, szybko i ostro... powiedz słowo, a jestem do usług.

— Widzę. — Poruszyła biodrami, ujmując między udami jego twardniejącego członka. — Jest całkiem nieźle... czekaj, nie. Pozwól, że się odwrócę.

— O Boże, chcesz na pieska? Wykończysz mnie. — Usiadł na piętach, nasunął prezerwatywę i z pożądaniem patrzył, jak przewraca się na brzuch, unosi na ręce i kolana, rzucając mu zalotne spojrzenie przez ramię.

— Tylko gadasz. Pokaż, że potrafisz — zażądała Carla, a Jason ruszył, ujmując jej biodra w silne dłonie.

— Kochanie, akcji ci nie zabraknie. Lepiej się zaprzyj. — Pierwsze pchnięcie zrobił powoli, wślizgując się w nią coraz głębiej, bez wycofywania, aż jego podbrzusze zetknęło się z jej tyłkiem i był w niej osadzony po sam koniec.

Carla dyszała, jej kłykcie pobielały na wezgłowiu łóżka, plecy wygięły się, gdy wypięła się, by wyjść naprzeciw pchnięciom Jasona.

— O kurwa, tak — wydyszała, po czym krzyknęła głośno jego imię, kiedy wysunął się do połowy i wbił z powrotem ostro i mocno.

— No dalej — ponaglił Jason, narzucając szybkie, równe tempo pchnięć. Jedną dłoń zsunął z biodra Carli między jej uda i szorstko musnął opuszkami jej łechtaczkę.

— Chcę poczuć, jak dochodzisz, skarbie. Chcę cię czuć.

Niedługo przyszło mu czekać na spełnienie życzenia: drobne ciało Carli zadrżało w jego uścisku, zacisnęła się na nim, a z jej ust wydobyły się chrapliwe okrzyki. Mocne szarpanie jego członka przez jej wewnętrzne mięśnie sprawiło, że niemal zobaczył gwiazdy — to wrażenie było za silne, by je dłużej utrzymać. Zastygł, wcisnął się w nią głęboko i zamknął oczy, pozwalając, by ściągnęła z niego orgazm długi i powolny.

— Kuuuurwa — powiedział w końcu, kładąc dłoń na krzyżu Carli, by ją ustabilizować, gdy powoli się wycofywał, pilnując, by prezerwatywa została na miejscu.

— I to jaka jazda — przyznała Carla bez tchu, zapadając się bezwładnie w materac, kiedy Jason zsunął się z łóżka i zachwiał się w stronę łazienki. Kolana mu drżały, gdy wyrzucił prezerwatywę i umył ręce; wróciwszy do sypialni, padł obok Carli na materac.

— Cholera, dziewczyno — tylko tyle powiedział. Uśmiechnęła się, wsunęła się bliżej i oparła głowę na jego ramieniu, zadowolona, że mogą tak po prostu leżeć w wygodnej, sytej ciszy.

Musiała przysnąć, bo nim się obejrzała, obudziła się, gdy Jason wysuwał się z łóżka.

— Hm? — Carla mrugnęła na niego niewyraźnie, zastanawiając się, czemu się ubiera, dopóki nie zerknęła za niego i nie zobaczyła, że na zewnątrz zaczyna się ściemniać.

— Muszę wracać. Ciotka Rose będzie się zastanawiać, co się ze mną stało. — Naciągając koszulę przez głowę, pochylił się, by ją pocałować. — Kiedy zaczynamy śledztwo?

Usiadła, otuliła się prześcieradłem i zmierzyła go wzrokiem, gdy usiadł na krawędzi łóżka, żeby wciągnąć buty.

— Chcę skontaktować się z dziennikarzem, którego

znam. Wiem, że zajmował się zaginięciem tamtych trzech chłopców kilka miesięcy temu i ich powiązaniem z Julią Bulridge. Chciałabym poznać jego spojrzenie teraz, w świetle wydarzeń ostatnich dni.

— Brzmi dobrze — przytaknął Jason. — Kiedy z nim porozmawiasz?

— Jest nocnym markiem; zadzwonię do niego wieczorem. Wpadniesz jutro? O dziewiątej przychodzi klient, ale po dziesiątej jestem wolna.

— Jasne. Może wreszcie zrobię ci porządną kawę. — Jego oczy błysnęły, gdy uśmiechnął się do niej; ona chwyciła poduszkę i trzepnęła go nią, śmiejąc się.

— Znikaj! Idź zająć się Rose.

Jason z parsknięciem odparł poduszkowy atak, rzucił się na Carlę całym ciężarem, unieruchamiając ją, i ujął jej twarz w dłonie, by zatrzymać na niej długi, zmysłowy pocałunek.

— Do jutra, piękna — wymruczał w końcu, unosząc głowę. Uśmiechnęła się do niego — spod przymkniętych powiek, uśmiechem kobiety gruntownie zaspokojonej — a Jason potrzebował jeszcze jednego pocałunku, zanim mógł ją puścić.

Rozdział dwunasty

Parking depozytowy nie był daleko od domu Carly, zaledwie kilka przecznic. Najwyraźniej jej przerażona szkolna koleżanka zrobiła, co jej kazała, i zadzwoniła wcześniej, bo kierownik parkingu aż się rwał, żeby oddać kluczyki do wynajętego przez Jasona auta. Odprowadziwszy samochód do biura wypożyczalni w miasteczku, zapłacił bez targowania się za dodatkowy dzień i przyjął ofertę podwiezienia gdziekolwiek, dokąd się wybierał.

Rose wyglądała na wyczerpaną, kiedy Jason wrócił do jej domu. Przyjaciele już dawno zapełnili jej zamrażarkę gotowymi posiłkami, ale tylko pokręciła głową, gdy nalegał, żeby coś zjadła. W końcu udało mu się namówić ją na zupę, bo musiała coś zjeść, żeby wziąć lekarstwa.

— Nie ma w tym sensu — burknęła, popijając tabletki kilkoma łykami wody. — Umieram, te pigułki niczego nie zmienią.

Trudno mu było słuchać, jak mówi w ten sposób — Rose nie do zdarcia, ta, która nigdy się nie cofała, nigdy nie zrobiła kroku w tył mimo lat znęcania ze strony męża i syna, ta, która nie pozwoliła Hunterom pomiatać Jasonem i jego matką.

— One są tylko po to, żebyś czuła się lepiej — powiedział w końcu, biorąc szklankę z jej drżącej dłoni.

— Porządny bourbon zrobiłby to o wiele lepiej. — Podniosła się, a gdy sięgnął, by jej pomóc, odgoniła go gestem. — Wiem, wiem, nie wolno mi. Jeszcze nie, w każdym razie.

— Jeszcze nie?

— Doktor Walters mówi, że kiedy zbliży się czas, odstawi mnie od leków i będę mogła mieć, na co tylko mam ochotę. Mam w chłodziarce drogiego szampana i paczkę *papierosów*. — Brzmiała rozradowana, jak nastolatka knująca dziką ucieczkę spod rodzicielskiej kurateli.

— Ciociu Rose, nie paliłaś od czasu, gdy byłem dzieckiem — Jason pokręcił głową. — Wykaszlesz sobie płuca.

Uśmiechnęła się do niego — krucha, blada kopia silnej, pełnej życia kobiety, którą kiedyś była. Choć nie była z nim spokrewniona, była jedyną rodziną, jaką miał poza mamą i ojczymem, a przynajmniej jedyną, którą chciał uznawać. Na samą myśl, że może ją stracić, ściskało go w sercu.

— Są gorsze sposoby, żeby odejść, Jasonie — powiedziała i powoli ruszyła korytarzem do swojej sypialni, a jej laska stukała miękko: stuk-stuk. — Dobranoc, kochanie — jej głos unosił się cicho w powietrzu za nią. — Śpij dobrze.

Jason siedział chwilę w milczeniu, wpatrzony w ciemność za oknem. W końcu westchnął i wstał, poszedł do kuchni odgrzać zapiekankę wyjętą z zamrażarki, do której próbował przekonać ciotkę. Sam potrzebował posiłku i równie dobrze mógł ją zjeść, jak wyrzucić.

Po samotnej kolacji wyciągnął telefon i trochę poszperał, marząc, żeby Rose była na tyle oswojona z technologią, by mieć komputer. Ekran telefonu był po prostu za mały, żeby robić coś więcej niż czytać największe nagłówki; a takich, które w ogóle wspominały o Woodvale, było jak na lekarstwo, nie mówiąc już o szczegółowych materiałach o zaginionych. Może jutro kupi laptopa; jeśli miał pomagać Carli w szukaniu informacji o zaginięciach, pewnie będzie potrzebował komputera.

Zabierając pusty talerz, poszedł do kuchni, żeby pozmywać, zanim pójdzie do swojego pokoju. Usiadłszy na łóżku i rozglądając się, przeniósł się myślami do lat nastoletnich — wystrój pokoju nie zmienił się, odkąd wyjechał na studia. Na ścianie naprzeciw łóżka prawie całą powierzchnię zajmowały flagi i wstążki z jego sportowych osiągnięć, a nad biurkiem, przy którym spędził wiele długich godzin, ślęcząc nad zadaniami domowymi, stała półka ze starymi szkolnymi podręcznikami.

Przyglądając się książkom, Jason podszedł bliżej i po kilku minutach znalazł stary zeszyt zaledwie z paroma zapisanymi kartkami. Wyrwał je i wrzucił do kosza, znalazł w szufladzie ołówek i usiadł, by porobić notatki. Każdą stronę opatrzył imieniem i nazwiskiem jednego z zaginionych, zaczynając od matki Carly, i uzupełnił je wszystkim, co dotąd wiedział o poszczególnych sprawach.

Stukając powoli końcówką ołówka w ostatnią stronę, rozważał, co wie o zniknięciu Julii Bulridge. Jako jedyna z zaginionych została jeszcze raz widziana — i na pewno uciszono ją, zanim zdążyła powiedzieć, co wiedziała. Wciąż miał masę pytań bez odpowiedzi, zaczynając od tego, dlaczego uciekła z względnie bezpiecznego samochodu, skoro była przekonana, że w lesie polują na nią psy.

To po prostu nie trzymało się kupy. Owszem, był obcym facetem, ale jej pomógł, powiedział, że zabierze ją na badania.

I, pomyślał Jason, ostatnią rzeczą, jaką zrobił, zanim Julia zniknęła, był telefon na policję.

Brzmiało to niemal nie do uwierzenia, ale czy Julia uciekła, bo bała się kogoś na posterunku?

Stukanie ołówka zwolniło i w końcu ustało. To tylko spekulacje, powiedział sobie Jason, choć instynkt wrzeszczał mu prosto do ucha w sprawie szeryfa McCarthy'ego. Nie miał żadnych dowodów na poparcie przeczucia, a ucieczka Julii z auta zaraz po jego telefonie na policję mogła być przypadkiem. W końcu samochód się zatrzymał — trudno byłoby jej wyskoczyć w ruchu. Mogła uciec niezależnie od tego, do kogo by zadzwonił.

Mimo to, jego telefon na policję był elementem osi czasu prowadzącej do śmierci Julii. Spisał słowo w słowo tyle rozmowy, ile zdołał sobie przypomnieć. Może Carla zdoła wykorzystać swoje wpływy u Floyda, by zdobyć nagranie albo transkrypcję połączenia. Może będzie na nim nawet słychać w tle moment, kiedy Julia otwiera drzwi — dźwięk, który mu umknął, gdy działo się to naprawdę. Chwila w rozmowie, w której dała nogę, mogłaby im coś powiedzieć.

Przerzuciwszy kartki na koniec zeszytu, zrobił listę pytań do Carly, a potem zestaw słów kluczowych do wyszukiwania, gdy już dorwie prawdziwy komputer.

Na jego twarzy pojawił się mimowolny uśmiech, gdy pomyślał o Carli. Spotkanie jej było nieoczekiwaną, ale jakże miłą niespodzianką. Seks z nią był lepszy niż wszystko, czego doświadczył od dawna... a może i kiedykolwiek. Nie pamiętał, by kiedykolwiek miał partnerkę tak bezpruderyjnie zmysłową, której pragnienia tak idealnie współgrałyby z jego własnymi.

Na samo wspomnienie znów zrobił się twardy. Westchnąwszy, odłożył ołówek i podniósł się. Czas wziąć prysznic i iść spać. Przynajmniej nie groziło mu, że spędzi całą noc, mieląc wszystko w kółko. Lata w Rangersach nauczyły go wyłączać głowę, kiedy trzeba, dzielić sprawy na szufladki i chwytać sen, kiedy tylko się da.

Jason zerwał się ze snu gwałtownie, od razu czujny. W pokoju było ciemno, ale nie zupełnie: zasłony były cienkie i wpuszczały rozproszone światło. Księżyc, pomyślał, leżąc zupełnie nieruchomo i nasłuchując, napinając wszystkie zmysły, by wychwycić, co go obudziło.

Jest.

Najcichsze skrzypnięcie. Krok w salonie.

A on nie miał nawet noża.

W rogu stał jednak kij baseballowy. Pamiątka z liceum. Zsunął się z łóżka bezszelestnie, zacisnął palce na wytartym uchwycie, dźwignął kij bez wydania najmniejszego dźwięku i na palcach podszedł do drzwi.

Kolejne skrzypnięcie, tym razem bliżej. Ktokolwiek był na zewnątrz, musiałby minąć Jasona, żeby dostać się do pokoju ciotki Rose, a do tego nie miało prawa dojść — nie, gdy on trzymał wartę. Szarpnąwszy drzwi, wypadł w korytarz z warknięciem na ustach.

Szkło się rozprysło, a krzyk rozdarł noc.

— Jason! Co do *cholery?* — Ciotka Rose stała z dłonią przyciśniętą do gardła, widoczna tylko jako zarys w słabym blasku lampki nocnej wpiętej w gniazdko w korytarzu. Mleko rozlało się u jej stóp.

— O mój Boże. — Z przerażenia zastygł w bezruchu.
— Nie ruszaj się! — Nie miała na nogach kapci i mogłaby
pociąć stopy odłamkami.

— To twój kij baseballowy? — Rose zabrzmiała oburzona, gdy szybko wycofał się do pokoju, odstawił kij z
powrotem w kąt, po czym chwycił buty i wsunął je na
stopy.

— Za dużo zachodu, żeby przewozić broń przez granice
państwowe, więc tak. To jedyna broń, jaką miałem pod
ręką — przyznał, wracając do niej i unosząc ją ostrożnie.
Przeraziło go, jak niewiele teraz ważyła; wydawała się
niczym sucha skorupa skóry i kości.

— Cóż, muszę przyznać, że się cieszę. Mógłbyś mnie
zastrzelić! — oburzyła się Rose.

— Nie bądź śmieszna — parsknął. — Nigdy nie zastrzeliłem nikogo, kogo nie zamierzałem.

— To miało być pocieszające? — rzuciła, ale roześmiała się, gdy zaniósł ją do łóżka. — Przynieś mi mokrą
ściereczkę, Jason, mam mleko na stopach. Nie włożę ich
tak do łóżka.

— Tak jest, Ciociu Rose. — Posłusznie wykonał polecenia, wytarł jej stopy wilgotną ściereczką, po czym poszedł
do kuchni i przyniósł jej kolejną szklankę mleka.

— Naprawdę myślałeś, że ktoś włamuje się do domu?
— zapytała Rose, gdy odstawił szklankę na szafkę nocną, a
Jason westchnął.

— Tak — odparł bez ogródek.

— Ale dlaczego? — zmarszczyła brwi. — Nie mam nic,
co byłoby warte kradzieży.

— Nie o to chodzi. — Usiadł na skraju łóżka, uważając,
by jej nie trącić. — W tym miasteczku dzieje się coś dziwnego i boję się, że wpakowałem się w sam środek przez

biedną Julię Bulridge. Myślę, że ktoś obawia się, iż zdążyła mi coś powiedzieć, zanim umarła.

— Co ci powiedzieć?

— Nie mam pojęcia, bo nic mi nie powiedziała. Ktoś jednak sądzi, że mogła. Coś, co mogłoby ich wskazać.

— I dlatego próbowali cię aresztować i uciszyć. Co znaczy... że są na policji. Albo mają tam wpływy. Och, Jasonie.

Spróbował się uśmiechnąć, ale już wcześniej postanowił, że nie będzie słodził Rose. Czas, jaki jej pozostał, liczył się w dniach i tygodniach, nie w miesiącach i latach; modlił się, by zdołać uchronić ją przed kłopotami, lecz obawiał się, że jego przyjazd poważnie zakłóci jej spokój. Powiedział to wprost, a ona chwyciła go za rękę zaskakująco silnym uściskiem jak na swoją kruchość.

— Kłopoty czy nie, wolę, żebyś tu był, Jasonie. Cieszę się, że przyjechałeś.

— Ja też — powiedział, pochylając się, by pocałować ją w policzek. — Nie zostawię cię samej. Albo jedziemy razem, albo oboje zostajemy; wybieraj, Ciociu Rose. Jeden telefon i mamy prywatny odrzutowiec, obiecałem ci.

Zacisnęła szczęki w sposób, który aż nazbyt dobrze znał; może nie łączyły ich więzy krwi, ale widywał ten upór w lustrze, kiedy sam bywał wyjątkowo zawzięty.

— Nie dam się przepędzić z domu. Chcę umrzeć tutaj, gdzie byłam szczęśliwa. Gdzie są moje wspomnienia.

— Kto spróbuje cię stąd wygnać, będzie miał ze mną do czynienia — obiecał Jason.

— I twój niezawodny kij baseballowy? — Jej wyblakłe oczy rozbłysły figlarnie. — Wiesz, że mam pistolet, prawda?

Opadła mu szczęka.

— Twoja matka i ja chodziłyśmy razem na strzelnicę, wiele lat temu. Pewnie już bym go nawet nie utrzymała. Spójrz do dolnej szuflady. — Skinęła na stolik nocny.

To był Walther PPK/S i Jason podejrzewał, że może być starszy od niego, ale był w idealnym stanie — czysty i lekko naoliwiony. W sejfie obok leżało pudełko nabojów .380 ACP.

— Obejrzałaś za dużo filmów o Bondzie — wypomniał.

— Zawsze lubiłam dobry film akcji. — Rose upiła łyk mleka i opadła znużona na poduszki. — Weź go, Jasonie. Mam niepokojące przeczucie, że może ci się przydać.

Zamknął sejf, wsunął go pod ramię i pochylił się, by pocałować ją w czoło. — Śpij, Ciociu Rose.

— Ty też — mruknęła, zamykając oczy. — Och, i Jason? — dodała, kiedy już się odwrócił do wyjścia. — Zaproś jutro Carlę na kolację.

Nie pozostało mu nic innego, jak tylko — Tak, Ciociu Rose.

Zamknąwszy drzwi za jej uradowanym uśmiechem, poszedł posprzątać rozbite szkło i rozlane mleko w korytarzu, po czym zaniósł sejf do swojego pokoju i rozłożył pistolet, żeby go sprawdzić. Był w idealnym stanie, a że to mała, poręczna broń, świetnie mieścił się w kieszeni jego marynarki. Zgodnie z prawem stanu Idaho nie potrzebował nawet zezwolenia, by nosić go skrycie.

Zastanawiał się, czy nie zaognia sytuacji, nosząc broń. Upewniwszy się, że w kieszeni nie odznacza się kształt pistoletu, znów go wyjął i powoli załadował siedmionabojowy magazynek.

Ja nigdy nie byłem zwolennikiem wchodzenia z nożem na strzelaninę. Zresztą już wcześniej zarzucano mu skłonność do przesady w doborze arsenału — nie żeby jego dowódcy kiedykolwiek narzekali na rezultaty. Mały Walther to nie karabin maszynowy ani karabin samopowtarzalny, ale nie miał złudzeń: jeśli będzie potrzebował więcej niż siedmiu nabojów, które mieści Walther, to i tak będzie FUBAR, a jego szanse na przeżycie będą bliskie zeru, bez względu na to, co akurat trzyma w ręku.

Tej nocy Jason nie nacieszył się snem. Kiedy nad ranem przyszła pielęgniarka z opieki wytchnieniowej dla jego ciotki, on już krzątał się po kuchni, smażąc naleśniki i bekon, i rozważał kolejne kroki. Barclayowie powiedzieli mu, że w pięć miesięcy zniknęło sześć osób; chciał wiedzieć, czy od czasu zaginięcia matki Carly cztery lata temu były jeszcze jakieś inne tajemnicze zniknięcia.

Pytanie policji odpadało, więc musiał się zwrócić do jedynych innych ludzi w miasteczku, którzy mogli mieć informacje i być skłonni je udostępnić. Niestety, gazeta w Woodvale należała do wielu lokalnych firm posiadanych przez jego wuja. Wątpił, by ktoś tam zatrudniony był pomocny, ale archiwa powinny być publiczne. I, z odrobiną szczęścia, cyfrowe.

Czas kupić laptopa — zdecydował i zajrzał do pokoju ciotki Rose, by powiedzieć, że wychodzi na trochę i spytać, czy czegoś potrzebuje. Leżała w łóżku podłączona do kroplówki; tylko pokręciła głową, najwyraźniej nie czując się na tyle dobrze, by obdarzyć go choćby uśmiechem.

Wychodząc, Jasonowi od razu poprawił się nastrój, gdy zobaczył, jak podjeżdża samochód Carly. Wysiadła i uśmiechnęła się do niego szeroko.

— Hej. Gdzieś się wybierasz?

— Po komputer. Czytanie wszystkiego na ekranie telefonu doprowadza mnie do szału.

— Podrzucić cię?

— Zawsze. — Posłał jej sprośny uśmiech, a ona parsknęła śmiechem.

— Do centrum handlowego, ty sprośniku.

— O to właśnie mi chodziło! — zarzekał się niewinnie, zupełnie niezgodnie z prawdą, wsuwając się na fotel pasażera.

Rozdział trzynasty

Carla wrzuciła bieg i ruszyła, chichocząc i kręcąc głową. Nieposkromiony urok Jasona potrafił rozjaśnić nawet najczarniejszy nastrój.

— To co cię tu przywiodło? — zapytał, kiedy wjechała na główną drogę. — Skoro nie weszłaś, wnioskuję, że chciałaś zobaczyć mnie, a nie moją ciotkę?

— Pomyślałam, że może masz ochotę na małą wyprawę samochodem — odparła.

— Tak? Dokąd?

— Redstone Creek. — Wymieniła najbliższe miasteczko, co na północnym Idaho oznaczało w obie strony jakieś sześćdziesiąt mil.

— Nie mam nic przeciwko temu, żeby kupić laptopa tam zamiast tutaj, ale jest jakiś konkretny powód, dla którego chcesz jechać? — dopytał łagodnie Jason.

— Research. Większą część zeszłej nocy spędziłam na przeglądaniu archiwów *Woodvale Gazette's* i wytypowałam kilka innych niewyjaśnionych zaginięć w ciągu ostatnich sześciu lat, poza moją mamą i tą serią z ostatnich miesięcy.

— A, jesteś przede mną. To był mój plan, jak tylko odbiorę laptopa.

Rzuciła mu ukradkowe spojrzenie i z uznaniem skinęła głową, że najwyraźniej nadają na podobnych falach. — Zaczęłam się zastanawiać, czy to tylko Woodvale. A tak się składa, że ten wspomniany dziennikarz to mój kolega ze szkoły, pracuje w *Redstone Advertiser*. Kiedy zadzwoniłam z kilkoma pytaniami, nagle zamilkł, a potem powiedział, że wolałby spotkać się osobiście, żeby o tym pogadać.

— Mój wuj ma jakiś udział w *Redstone Advertiser*? — wypalił Jason.

— Nie. — Z trudem się uśmiechnęła na jego westchnienie ulgi. — Ale właściciel to jego znajomy. Współpracowali już nie raz, należą do tych samych klubów. Walt Jackson.

Jason wzruszył ramionami, że nie zna.

— Walt ma w Redstone Creek mniej więcej takie wpływy, jakie Philip Hunter w Woodvale.

— No świetnie, po prostu *fantastycznie*.

W odpowiedzi wyrwał jej się ostry, pozbawiony wesołości chichot na jego sarkazm. — I *Redstone Advertiser* nie ma archiwów online dostępnych publicznie dalej niż dwanaście ostatnich miesięcy. Mój znajomy nam pomoże, tak myślę, ale musimy go chronić jako źródło. Czyli spotkać się z nim na przerwie obiadowej, gdzieś na uboczu.

— Dobrze więc, że mnie zgarnęłaś — powiedział Jason. — Na wszelki wypadek.

— Na wszelki wypadek czego? — Zdezorientowana, na moment odwróciła wzrok od drogi, żeby zmarszczyć na niego brwi.

— Na wypadek, gdyby był umoczony, a ty stałabyś się kolejną statystyką.

— Łoł — wydusiła Carla, kiedy odzyskała oddech. — Ale z ciebie pesymista.

— Realista — poprawił. — Nie rozumiem, co się tu dzieje, Carla, ale jedno jest pewne: to brudna sprawa. Ktoś zabił Julię Bulridge i próbował zwalić to na mnie tylko dlatego, że bali się, iż mogła mi coś powiedzieć, i chcieli mnie uciszyć. Jeśli sądzisz, że zawahaliby się sprawić, byś zniknęła, to nie jesteś wystarczająco paranoiczna. Masz broń?

— Mam — odparła natychmiast, ale czuła, jak winny rumieniec spływa jej na szyję.

— A gdzie? — zapytał bez litości.

— W sejfie na broń w domu. — Patrzyła prosto przed siebie; nie musiała widzieć jego cynicznego, ukradkowego spojrzenia. — Dobra, dobra. Jak wrócę, wyjmę ją i będę mieć pod ręką. A ty? Masz broń?

— Mam — powiedział, ku jej zaskoczeniu —, ale nie miałbym nic przeciwko temu, żeby podskoczyć do sklepu myśliwskiego po kaburę. Nie uśmiecha mi się nosić jej w kieszeni. Może wezmę też coś o większym zasięgu.

— Na przykład karabin myśliwski?

Kątem oka dostrzegła, jak Jason wzrusza ramionami. — Skoro mój ulubiony model karabinu maszynowego raczej nie jest dostępny poza wojskiem, to jasne. Karabin myśliwski.

— Karabin maszynowy to już chyba przesada — zauważyła, pół-żartem. Nic nie odpowiedział i zaczęła się zastanawiać, jaką akcję widział przez lata w Rangersach. Prawie dekadę, jak wyliczyła, a o Rangersach wiedziała jedno: wysyłano ich tam, gdzie było najgoręcej. Afganistan na pewno, zgadywała, i mnóstwo innych zapalnych miejsc, o których pewnie nigdy by się nie przyznał, że tam był, bo armia USA oficjalnie się tam nie pojawiała.

— Opowiedz mi o Guàlize — poprosiła, zamiast pytać o służbę wojskową, o której niemal na pewno nie mógł mówić. — Wspominałeś, że znasz prezydenta?

— Prezydenta elekta. To długa historia, ale mój były kapitan w Rangersach jest mężem córki przyszłego prezydenta. Kapitan McAuley został poproszony o pomoc w tworzeniu paramilitarnej jednostki do walki z handlem narkotykami, szkolącej elitarnych żołnierzy Guàlizjańczyków. Kończył mi się kontrakt, zadzwonił do mnie i zaproponował pracę. — Jason zawiesił głos i Carla była niemal pewna, że w myślach montuje wersję dla cywilów. — Raz byłem z nim w akcji w Guàlize. Spodobało mi się i miejsce, i ludzie, a kasa była świetna. No i o wiele mniejsze ryzyko, że ktoś do mnie strzeli.

Carla była raczej pewna, że Stany Zjednoczone oficjalnie nie brały udziału w żadnych działaniach w przyjaznej, południowoamerykańskiej Guàlize w ostatniej dekadzie. Była też pewna, że Jason nie będzie rozwijał tematu, więc nie naciskała. — Czyli teraz szkolisz? W czym się specjalizujesz?

— Walka w terenie leśnym. — Uśmiechnął się, patrząc przez okno na bezkresne sosnowe lasy po obu stronach drogi. — Tamtejsze lasy to co innego niż te, w których dorastałem. Tropikalne dżungle. Ale podstawowe zasady są te same.

— Nadal są tam rzeczy, które cię zjedzą, jeśli dasz im okazję? — droczyła się Carla.

— Ano. — Parsknął śmiechem. — Zamiast niedźwiedzi, wilków i pum — jaguar, kajman i pirania.

Jej dreszcz wcale nie był udawany.

— To już ci nie opowiem o robalach i wężach, co?

— Absolutnie nie! Może mieszkam w małym mieście, ale kluczowe jest słowo *mieście*. Jestem stworzeniem miejskim.

— Guàlize City by ci się spodobało. Jest absolutnie zachwycające. Masa pięknej architektury, i kolonialnej, i nowoczesnej, a w pobliżu niesamowite zabytki. I jedzenie! — Przyłożył palce do ust i pocałował opuszki w geście kucharza. — Najlepsze uliczne jedzenie na świecie, bez dwóch zdań. Aż mi ślinka cieknie na myśl o mojej ulubionej budce z quesadillami.

— O rany — westchnęła Carla z tęsknotą. — Dałabym się pokroić za porządne latynoskie jedzenie uliczne. W promieniu trzystu kilometrów nie ma nawet meksykańskiej knajpy. Nawet cholernego Taco Bell.

— Ugotuję ci coś — powiedział Jason. Uśmiechnął się szeroko na jej zaskoczoną minę. — Dobrze gotuję. Zaufaj mi.

— Co do życia? Jasne. Co do mojej kuchni? Nie wiem, kolego.

Jechali dalej, rozmawiając swobodnie, a Carla w duchu pomyślała, jak bardzo łatwo poczuć się przy Jasonie Hunterze swobodnie.

Kiedy dotarli do Redstone Creek, Carla wjechała na parking przed sklepem z artykułami biurowymi. — Najlepsze miejsce, żeby kupić laptopa — stwierdziła, a Jason skinął głową i bez trudu wysiadł z samochodu.

— Potrzebujesz czegoś? — zapytał.

— Och, wchodzę z tobą. — Uśmiechnęła się do niego, zamykając auto. — Mam słabość do papierniczych. Gromadzę ładne notesy.

Nawet nie rzucił złośliwej uwagi, co podniosło go w oczach Carli o kolejny szczebel. Przystojny, zabawny, czarujący i uważny, pomyślała; jak to możliwe, że nikt go jeszcze nie przechwycił?

Jason wybrał laptop ze średniej półki, myszkę i torbę na ramię, żeby to wszystko nosić. Carla miała cały koszyk papierniczych cudów, kiedy spotkali się przy kasach, ale on nic nie powiedział, tylko po zapłaceniu oboje wrócili do samochodu.

Sklep z bronią był dwie przecznice dalej i tu Jason jakby ożył, rozmawiając rzeczowo ze sprzedawcą, który najwyraźniej od razu rozpoznał w nim wojskowego. Jason niespiesznie dobierał rzeczy: amunicję, kaburę na szelkach do pistoletu, który wyjął z kieszeni marynarki, a potem wybrał zaskakująco niedrogi karabin myśliwski, choć sprzedawca próbował skierować go na model z wyższej półki.

— Nie zamierzam strzelać na pół mili — mruknął Jason, dokładnie oglądając karabin. — Na jakieś dwieście jardów będzie aż nadto celny. — Wziął jednak celownik noktowizyjny i Carla zaczęła się zastanawiać, jakie scenariusze ma w głowie, skoro może mu się to przydać.

— Poproszę też to — powiedział Jason, kiedy odkładali wszystko na ladę.

Carla zerknęła, co wskazał, i oniemiała na widok strzelby typu pompka, którą sprzedawca wyjął z gabloty. — Z czym twoim zdaniem będziemy mieć do czynienia? — szepnęła.

— Mam nadzieję, że z niczym. — Skinął na pudełka z nabojami do strzelby, które podał sprzedawca. — Poproszę cztery. — Odwrócił się do Carli. — Ale jeśli się mylę... ci źli przekonają się na własnej skórze, że nie powinni byli ze mną zadzierać.

Szczękę miał zaciętą, a w jego niebieskich oczach zapłonął błysk, którego wcześniej u niego nie widziała. Carla uświadomiła sobie, że stoi przed nią zawodowy żołnierz, Ranger szykujący się do misji. Uzbrajał się na wojnę, której wolałby nie toczyć.

Zamknęli wszystko poza pistoletem Jasona w bagażniku, zahaczyli o diner po kanapki i kawę na wynos, po czym pojechali do cichego parku, gdzie znajomy Carli poprosił o spotkanie. Siedział na ławce z widokiem na strumień, od którego Redstone Creek wzięło nazwę, patrząc, jak maluchy rzucają kaczkom chleb pod czujnym okiem rodziców.

— Barry Hillsum. Kawał czasu — powiedziała wesoło, siadając obok niego.

— A ty tylko wypiękniałaś — odparł Barry, rzucając jej ukradkowe spojrzenie znad grubych okularów i uśmiechając się nieśmiało. Zawsze był typem nieśmiałego kujona; razem redagowali gazetkę licealną Woodvale High. — Kto to twój znajomy? — Zmarszczył brwi na widok Jasona.

— Jason Hunter.

Barry i tak był kredowo blady; teraz prawie zzieleniał i zerwał się na równe nogi. — *Hunter?*

— Usiądź. — Uspokajającym gestem dała mu znak. — On nie jest jednym z nich.

— Technicznie rzecz biorąc, jestem, bo Philip to mój wuj — powiedział Jason —, ale uważam go za skończonego drania, więc jeśli to twój wróg, możesz uznać, że jestem solidnie po waszej stronie.

— Nie jest moim wrogiem. — Barry znów usiadł, mierząc Jasona ostrożnym spojrzeniem. — Wolałbym jednak, żeby pozostał w błogiej nieświadomości, że istnieję.

— Nie zamierzam nikomu wspominać o twoim nazwisku. Już je zresztą zapomniałem. Brian, prawda?

Kąciki ust Barry'ego drgnęły. — Chyba go lubię — mruknął do Carli. — Ufasz mu?

— Ufam.

— Wystarczy. Zawsze byłaś uczciwa do bólu, Carla; powierzam ci to, bo szczerze nie wiem, do kogo innego się zwrócić. Szef kazał mi nie tylko przerwać śledztwo, ale wręcz zniechęcać innych do zajmowania się sprawą, a tu coś śmierdzi.

— Jaka sprawa? — Carla nigdy nie widziała Barry'ego w takim stanie. Był poddenerwowany, nerwowo się rozglądał i wpatrywał w każdego, kto choćby spojrzał w ich stronę.

— Pytałaś o ludzi, którzy zniknęli w okolicach Redstone Creek w ostatnich latach. Pod koniec zeszłego roku była głośna sprawa: dwie młode kobiety, które wracały na święta z college'u. Nie wysiadły ze swojego Greyhounda.

— Nazwiska? — spytał cicho Jason. Skądś wyciągnął notes i usiadł z ołówkiem gotowym do pisania.

— Emily Darnell i Sasha Thoms. Obie po dwadzieścia lat, obie studiowały w Boise. Z relacji wynika, że wzorowe studentki, bliskie przyjaciółki, nic szczególnego. Ostatni raz widziano je na MOP-ie jakieś pięćdziesiąt mil stąd, gdy poszły do łazienki. Kierowca autobusu powiedział, że zabrały bagaże i nie wsiadły z powrotem, choć miały bilety do Redstone Creek. Założenie było takie, że spotkały kogoś znajomego, kto zaproponował podwózkę do domu, ale nikt nie zdołał ustalić, kto to mógł być. Po prostu rozpłynęły się w powietrzu.

— A że były ładnymi, młodymi, białymi kobietami, sprawa przyciągnęła media? — zapytała Carla z lekką ironią.

— Wuj Emily Darnell jest senatorem stanowym — powiedział Barry.

Jason cicho zagwizdał. — Okej, nic dziwnego, że mówisz „głośna sprawa".

Barry skinął. — Wciągnął FBI, twierdził, że był celem gróźb o terroryzmie krajowym i że jego wrogowie mogli porwać Emily. Wywrócili każdy kamień między Boise a tutaj, dosłownie... i nic. Żadnego śladu dziewczyn.

— Nie rozumiem — powiedziała Carla. — Po co redaktor miałby kazać ci uwalić temat? Coś takiego żyje własnym życiem, interesują się tym media krajowe.

— Nie chodzi o historię tych dwóch. O historię pozostałych.

Carli aż uniosły się brwi. — Jakich pozostałych?

— Sprawa Darnell i Thoms to pewnie największe wydarzenie w Redstone Creek ever. Ale to nie jedyne zaginięcia. Pracuję w tej gazecie siedem lat i w tym czasie napisałem dwadzieścia tekstów o zaginionych — od rzekomych nastoletnich uciekinierów po dorosłych, którzy wyjechali za pracą i nigdy nie skontaktowali się z rodziną. Nie wiem, czy wiecie, ale statystyki krajowe mówią, że między 89 a 92 procent zaginionych znajduje się, żywych lub martwych, w ciągu pierwszego roku. Chcecie wiedzieć, ilu zaginionych z Redstone Creek się odnalazło?

Carla wzruszyła ramionami. — Jasne.

— Ani jeden.

— Przepraszam — Jason pochylił się, wzrok miał skupiony. — Mówisz, że statystycznie osiemnastka z tych dwudziestu powinna się odnaleźć, tak czy inaczej, a *żaden* się nie odnalazł?

— Dokładnie tak mówię. — Barry wytrzymał jego spojrzenie bez mrugnięcia.

— Cholera — powiedział Jason to, co pomyślała Carla. — To śmierdzi na kilometr. *Część* z nich powinna wypłynąć, choćby jako zidentyfikowane zwłoki.

— Ano. Zacząłem zestawiać informacje i rozmawiać z rodzinami — z tymi, które chciały rozmawiać. Większość bladnie na ustach i odmawia mówienia. Nawet wuj Emily Darnell, dodam. Przez parę tygodni po zaginięciu Emily i Sashy nie dało się włączyć telewizora bez jego twarzy. Potem nagle ucichł. I od tamtej pory zaczął robić... nazwijmy to, nietypowe dla siebie posunięcia, politycznie.

Carla wypuściła powietrze. — Myślisz, że zaginięcie Emily było ostrzeżeniem? — zapytała. — Zmień swoje działania, bo następnym razem ktoś bliższy niż bratanica?

— Może. Nie chciał ze mną rozmawiać, więc nie mam jak sprawdzić tej teorii. A nawet jeśli ktoś mu tak groził, to kto powiedział, że to ten, kto wziął Emily? Mógł się trafić oportunista, który chciał coś ugrać. — Barry bezradnie rozłożył ręce. — Wiem na pewno tylko tyle, że kiedy spróbowałem umówić się na wywiad z senatorem Darnellem, wtedy redaktor podszedł do mojego biurka, zażądał wszystkich materiałów i oznajmił, że temat nie istnieje, a ja mam, cytuję, *przestać nękać pogrążone rodziny*.

— Jezus Maria — mruknęła Carla, kręciło jej się w głowie.

— Od kiedy? — zapytał po paru minutach ciszy Jason.

— Słucham? — Barry zmarszczył brwi.

— Mówiłeś, że pracujesz w gazecie siedem lat i opisałeś dwadzieścia przypadków. Od początku kariery? Możliwe, że te tajemnicze zaginięcia zaczęły się jeszcze wcześniej?

Barry kilka razy mrugnął, oblizał usta. Wyciągnął własny notes i zaczął kartkować, najwyraźniej zerkając w swoje zapiski. — To... spójne — powiedział. — Dwa, trzy rocznie. Więc... tak. Mogło zacząć się wcześniej.

— Mógłbyś to sprawdzić? — poprosiła Carla. — Po cichu, oczywiście. Tylko rzut oka na archiwa gazety. Archiwa *Redstone Creek Advertiser's* nie są publicznie dostępne bez rejestracji i opłaty, a ja na razie nie chcę pod niczym podpisywać się nazwiskiem.

— Zrozumiałe. — Barry zdecydowanie skinął głową, po czym wyrwał kartkę z notesu, coś na niej nabazgrał i podał jej. — Masz VPN i jednorazowy adres e-mail?

— Nie, ale będę mieć do wieczora — odparła po chwili osłupienia Carla.

— Jak już będziesz mieć, napisz na ten adres. Wyślę ci podsumowanie tego, co mam, z nazwiskami i datami. Niczego nie wpisuj w wyszukiwarkę, jeśli VPN nie jest włączony. — Skinął i lekko poklepał ją po ramieniu, po czym wstał. — Muszę wracać do roboty. Dziś po południu relacjonuję szkolne przedstawienie. Pasjonująca sprawa.

Widziała, jak bardzo w nim buzuje cicha złość, jak bardzo chciałby gonić za prawdziwą historią. Znaleźć odpowiedzi i domknąć sprawy dla rodzin zaginionych. — Uważaj na siebie, Barry — powiedziała miękko. — Rozglądaj się. I dziękuję.

— Jeśli tu jest historia — powiedział, jak to dziennikarz —, chcę ją napisać. Rzucę robotę, napiszę tekst i sprzedam go do *New York Times*.

— Jeśli to rozgryziemy, historia jest twoja — obiecała Carla, a on jeszcze raz skinął, odwrócił się na pięcie i odszedł.

ROZDZIAŁ CZTERNASTY

W DRODZE Z POWROTEM do Woodvale panowała cisza; Carla i Jason byli pogrążeni w swoich myślach. W końcu Jason spojrzał na Carlę, która przez większość trasy przygryzała dolną wargę, skubiąc ją, jakby jej mózg pracował na najwyższych obrotach.

— Mówiłaś, że przejrzałaś archiwum gazet w Woodvale i znalazłaś „kilka" zaginięć. Ile łącznie i jak daleko wstecz sięgnęłaś?

— Wróciłam tylko pięć lat wstecz — powiedziała Carla. — Tyle mogłam zrobić bez zakładania płatnego konta albo wizyty w bibliotece czy redakcji gazety.

— Co może nie być rozsądne — mruknął Jason.

— Mhm. Ale odpowiadając na twoje pytanie: było ich ponad dwadzieścia, w pięć lat. Może trzydzieści. Założyłam jednak, że część z tych osób się znalazła. No i to, co mówił Barry — niektóre z tych, o których pisał, to ludzie, którzy rzekomo wyjechali szukać pracy i nigdy już nie skontaktowali się z rodzinami. Na pewno są tacy z Woodvale. Ba, przychodzi mi do głowy co najmniej jeden. Myślałam, że po prostu zostawił żonę, ale... jak o tym myślę... on ją uwielbiał. I dzieci też. Nigdy do końca nie wierzyłam, że ich porzucił, a wiem, że ona nigdy tego nie przyjęła do wiadomości. Miał jechać na północ, spróbować znaleźć pracę na polach naftowych na Alasce.

— I teraz myślisz, że gdybyśmy to sprawdzili, okazałoby się, że w ogóle nie dotarł na Alaskę?

— Myślę, że nigdy nie wyjechał z Idaho. Tak jak moja mama i wszyscy pozostali. Jezu, Jason. — Oderwała na chwilę wzrok od drogi, zerkając na niego z wyraźnym strachem w oczach. — W co my się wpakowaliśmy?

Nie wiedział. To wszystko wykraczało daleko poza jego obszerne doświadczenia wojskowe. Ludzie ginęli na wojnie, owszem, ale był ku temu powód, ciało, śledztwo. A nie kompletne zniknięcia i cisza w eterze. Nie dosłownie dziesiątki ludzi, w tym bratanica senatora stanowego.

Ciągle wracał do tej jednej sprawy. Spojrzał na notes na kolanach, na którym na górze strony grubą kreską zakreślone było nazwisko Emily Darnell.

— Kiedy będziesz pisała do Barry'ego — powiedział — zapytaj, czy ktoś zniknął w Redstone Creek od czasu tej dziewczyny Darnell i jej przyjaciółki.

— Dlaczego? — zapytała Carla.

— Bo myślę, że to był błąd. Ktoś się zrobił zbyt pewny siebie. Pomyśl. Wszyscy inni, którzy znikali, to byli ludzie, którym się zdarza znikać. Kłopotliwa młodzież. Staruszkowie z demencją — bez urazy dla twojej mamy, Carlo.

— Nic się nie stało. — Brwi Carli ściągnęły się w zadumie. — I ludzie pomiędzy, których łatwo było przegapić. Tacy, co wyjechali do pracy albo na studia i już nie wrócili.

— Właśnie. — Jason postukał palcem w nazwisko Emily Darnell. — Ona i Sasha *wracały* z uczelni. Spodziewano się ich; *brakowało ich*. Sprowadziły uwagę, która musiała być niepożądana. Więc albo nie pasują do wzorca — to inny sprawca, ktoś, kto poluje na ładne młode kobiety i skorzystał z okazji — albo ktoś spieprzył sprawę. Jeśli tak, to logiczne, że w Redstone Creek zniknięcia przynajmniej na jakiś czas ustały, bo ktokolwiek za tym stoi, wolał przyczaić się i nie rzucać w oczy.

— Albo to część schematu, tylko miało inny cel. Tak jak spekulował Barry. Nacisk na wujka.

— Argh. — Jason chwycił się za głowę. — To zbyt skomplikowane. Daj mi w zamian miłego, prostego, morderczego barona narkotykowego, o każdej porze.

Carla parsknęła śmiechem, ale bez cienia wesołości. — I muszę zauważyć, że jeśli to inny sprawca, zniknięcia też mogą ustać. Ten, kto odpowiada za pozostałe, woli zniknąć z radaru, dopóki uwaga nie odwróci się od Redstone Creek.

— Cholera. — Miała rację, uświadomił sobie. — Czyli... przenieśli działalność do Woodvale? Co tłumaczy nagły wysyp w ostatnich miesiącach.

— Tłumaczy. Ich teren łowiecki się skurczył. — Palce Carli zacisnęły się na kierownicy. — Myślę — dodała po kilku minutach milczenia — że jeśli prześledzimy te zniknięcia, wyjdzie nam mniej więcej jedno na miesiąc. Dość równomiernie rozłożone.

— Dlaczego? — Jason z frustracją pacnął dłonią w deskę rozdzielczą. — Tego nie rozumiem: dlaczego? Nie ma żadnego *wzorca* ofiar. Młodzi, starzy, mężczyźni, kobiety. Czarni, biali, Latynosi. Wszystko, co wiem o seryjnych mordercach, mówi, że mają preferowany typ ofiary. Dziewczyna Darnell mogła być jakąś rozgrywką o władzę, ale żadna z pozostałych ofiar do tego schematu nie pasuje.

— To wyklucza jakikolwiek handel ludźmi albo motyw seksualny — powiedziała Carla. — Nawet idąc w bardziej fantastyczne wyjaśnienia: gdyby porywano ludzi na organy na czarny rynek czy coś w tym stylu, nie wybieraliby takich osób jak Julia Bulridge czy moja mama.

— Co więc zostaje? — zapytał Jason, kompletnie zbity z tropu.

— Nie wiem. — Carla przez chwilę żuła wargę, gdy za oknami samochodu migały bezkresne lasy. — Zabójca dla dreszczu? — powiedziała w końcu. — Ktoś, kogo podnieca, gdy widzi, jak uchodzi z kogoś życie?

To była jedyna odpowiedź, która miała jakiś sens, ale Jasonowi wciąż nie grała. — Jeden człowiek? — powiedział z powątpiewaniem. Biorąc pod uwagę wszystko, co odkryli, nie mówiąc już o oczywistej chęci departamentu szeryfa, by nikt nie zaglądał w te zniknięcia, to się nie składało. Nawet jego wujek, ze wszystkimi wpływami, nie miałby dość siły i pieniędzy, by przekupić aż tylu ludzi.

— Nie wiem, Jason — odparła Carla niemal rozpaczliwie. — Po prostu nie wiem.

Najwyraźniej wciąż brakowało im jakiegoś kluczowego elementu układanki. Jason nie potrafił pojąć, co by to mogło być. Pomyślał znowu o Julii Bulridge, desperacko żałując, że nie zaufała mu na tyle, by powiedzieć mu *coś*, zanim wyskoczyła z samochodu w ciemność.

Spoglądając na notes na kolanach, przypomniał sobie jeszcze o czymś, co chciał sprawdzić. Przerzucił kartkę na nową stronę i nabazgrał kilka słów.

— Co piszesz? — zapytała Carla.

— Przypominam sobie, żeby sprawdzić, czym zajmował się w Marynarce szeryf Thomas McCarthy.

— A co to ma do rzeczy? — W brzmieniu jej głosu pobrzmiewało zdziwienie.

— Pewnie nic. Po prostu lubię wiedzieć, z kim mam do czynienia.

— Masz jakieś źródła? Bo jeśli nie, mogę odezwać się do mojej znajomej, która teraz pracuje w FBI. I tak planowałam to zrobić.

— Zdobędę te informacje. Jason zamierzał napisać maila do swojego byłego dowódcy. Pułkownik Brody Cullane był źródłem, do którego regularnie się zwracał, kiedy potrzebował informacji pomagających mu w pracy w Guàlize; może tu działał poza oficjalnym obiegiem, ale był pewien, że pułkownik i tak pomoże, zwłaszcza w tak drobnej sprawie, jak sprawdzenie akt służby byłego marynarza. Pomyślawszy o tym, wyciągnął telefon, uruchomił program pocztowy i szybko wystukał wiadomość.

Odpowiedź nie nadeszła od razu, ale zresztą się jej nie spodziewał. Schowawszy telefon, powiedział: — Nie wspominałaś, że masz znajomą w FBI.

— Koleżankę ze studiów prawniczych — przytaknęła Carla. — Wysłałam jej kopie nagrań z motelu, które dały ci alibi. Tak na wszelki wypadek. To nie do końca jej działka — zajmuje się teraz przestępstwami finansowymi w biurze w Buffalo — ale ruszyłaby sprawę, gdybym ja nie pociągnęła tematu, i skontaktuje mnie z ludźmi, którzy nas wysłuchają, gdy zbierzemy coś wartego obejrzenia.

— Jasne. Byli już prawie z powrotem w Woodvale. — Nie miałabyś nic przeciwko, żeby podjechać do sklepu spożywczego, zanim odstawisz mnie do Rose?

— Pewnie. I tak przydałoby się coś kupić na kolację.

— A skoro o tym mowa, ciotka Rose kazała mi zaprosić cię na kolację. Jeśli jesteś gotowa zaryzykować moje gotowanie — pomyślałem, że zrobię trochę tego guàlizeańskiego jedzenia ulicznego, które ci obiecałem. Przynajmniej w mojej wersji.

— Jak mogłabym odrzucić taką propozycję?

Była absolutnie zachwycająca, gdy się uśmiechała, i Jason poczuł, jak pożądanie, które cały dzień próbował trzymać na wodzy, przebija się na powierzchnię. — Moglibyśmy też wpaść po drodze do ciebie.

— Tak? — Rzuciła mu spojrzenie z ukosa. — Po co?

— Myślę, że wiesz po co.

— W takim razie... — Włączyła kierunkowskaz i zjechała z głównej drogi w boczną. — Najlepiej pojedźmy tam najpierw. Inaczej zakupy za długo poleżą w aucie.

Mimo niepewności i niepokoju o zaginionych, Jason poczuł ciepłą falę zadowolenia, gdy Carla wiozła go z powrotem do domu Rose. Zadzwonił do Rose z domu Carli wcześniej, żeby uprzedzić, że prędko nie wróci; odparła pogodnie, że ma zamiar obejrzeć film na TCM po południu i żeby się nic a nic nie martwił. Dzięki temu miał o wiele mniejsze wyrzuty sumienia, że spędził z Carlą dwie godziny w łóżku.

Po tym, jak się kochali (dwa razy), siedzieli potem w łóżku z laptopami, pracując nago i czując się z tym swobodnie. Carla wydrukowała roczne kalendarze na każdy z ostatnich pięciu lat i starannie zaznaczyli każde zaginięcie w promieniu stu mil od Woodvale, korzystając z listy, którą Barry jej wysłał, i oznaczając różnymi kolorami miejsca, skąd znikała dana osoba.

Kiedy skończyli, odsunęli się i spojrzeli na kartki. Carla miała rację; zniknięcia następowały niemal równo raz w miesiącu. Tam, gdzie wzorzec się załamywał, znikało więcej niż jedna osoba naraz, jak Emily Darnell i Sasha Thoms albo bracia Whitton i Mark Martin, o których Barclaysowie opowiadali mu pierwszego wieczoru po powrocie do Woodvale.

— To jedno zaginięcie na miesiąc, ale nie widzę żadnego schematu — powiedział w końcu Jason. — Różne dni miesiąca i różne dni tygodnia.

Carla znów przygryzała wargę — już wiedział, że to znaczy, iż mocno myśli. Wyciągnęła rękę i powoli stuknęła palcem w symbol na jednym z kalendarzy, taki, którego sami nie nanosili.

— Pełnia? — spytał Jason bez przekonania. Przypuszczał, że to czysty przypadek, iż kalendarze, które wydrukowała, miały naniesione fazy księżyca.

— Prawie wszystkie zniknięcia wypadają trzy albo cztery dni przed pełnią. Julia Bulridge jest najdalej od niej — dziewięć dni przed pełnią.

— To co? — parsknął. — Uważasz, że gdzieś tam działa jakaś pokręcona satanistyczna albo mroczna wiccańska sekta, która porywa ludzi na ofiary z ludzi w rytuałach przy pełni?

— Jak się słyszy, jak to mówisz, brzmi to kompletnie absurdalnie, ale... potrafisz podać bardziej prawdopodobny scenariusz?

Carla oparła się o poduszki i patrzyła, jak Jason rozkłada na łóżku wydrukowane strony, skanuje daty i szuka innych wzorców. Obserwowanie mięśni poruszających się pod opaloną skórą jego ramion i klatki piersiowej było prawdziwą przyjemnością; miała wyrzuty sumienia, że rozprasza ją seks, biorąc pod uwagę powagę ich badań, ale nigdy nie czuła się bardziej żywa niż w tamtej chwili.

— Myślę, że pora skontaktować się z moją znajomą z FBI — powiedziała wreszcie, gdy Jason tylko powoli pokręcił głową w odpowiedzi na jej pytanie. — Ustali, kto prowadził sprawę zaginięcia dziewczyny Darnell, może zechcą z nami porozmawiać. Bo nawet jeśli w jej przypadku — ze względu na senatora stanowego — mógł być inny motyw, to fakt pozostaje faktem: ona i jej przyjaciółka wpisują się w schemat zniknięć tuż przed pełnią — i w tamtym miesiącu nie było innych zaginięć.

— O których wiemy — wtrącił Jason, a Carla skinęła głową, przyznając mu rację. Gdyby tylko udało się namówić FBI, by spojrzało na zebrane przez nich dane, można by uruchomić o wiele większe zasoby.

Zsunęła się z łóżka, narzuciła szlafrok i zebrała kartki, żeby zanieść je do skanera. Zamierzała zaraz wysłać je znajomej z FBI i Marcusowi Devereaux w prokuraturze.

Jason też wstał z łóżka i zaczął się ubierać; po jego niechętnej minie poznała, że najchętniej spędziłby resztę popołudnia w łóżku. Musieli jednak podjechać do sklepu, a potem wrócić do Rose.

Telefon Jasona zapiszczał, gdy zakładał spodnie; wyciągnął go z kieszeni, stuknął w ekran i zmarszczył brwi. — Hm. Tego się nie spodziewałem.

— Co? — zapytała Carla, odwracając się od skanera, w który wsunęła ostatnią stronę.

— Mój były dowódca zrobił mi przysługę i sprawdził akta służby szeryfa McCarthy'ego w Marynarce. Był przewodnikiem psa. — Twarz Jasona pociemniała, gdy przewijał dalej. — Został wydalony ze służby w trybie niehonorowym. Oskarżono go, że poszczuł psa służbowego na niewinnego cywila.

— *Tego* nie wyciągnięto na wierzch, kiedy kandydował na szeryfa! — Carla spojrzała na niego zszokowana. — Skazano go?

— Zrzucił winę na psa, że „zawiódł", jeśli wierzyć temu, co tu pisze. Wolał przyjąć niehonorowe zwolnienie, niż iść na proces. Czy tutejsza policja ma jakieś psy?

— Nie, i nie sądzę, żeby McCarthy miał psa w domu. Przynajmniej nigdy go z żadnym nie widziałam.

— Julia mówiła o psach. — Jason spoważniał, jakby cofał się w pamięci do chwili, gdy znalazł Julię Bulridge, zziębniętą i przerażoną w deszczu i ciemności. — Była śmiertelnie wystraszona, mówiła, że „słyszy psy".

— Ty coś słyszałeś?

Pokręcił głową, zapinając koszulę. — Nic poza wiatrem i deszczem, a wtedy huczały już naprawdę głośno.

Carla zamyśliła się, przygryzając wargę, ale nie potrafiła znaleźć związku. Nie słyszała żadnych opowieści o psach wałęsających się po lesie i powiedziała mu to.

— Wilki? — zastanowił się Jason.

— Znaczy, na pewno gdzieś tam są. Ale Julia Bulridge spędziła lata w Woodvale, a wcześniej pochodziła z innego małego miasteczka w Idaho. Kiedy była młodsza, lubiła chodzić po szlakach i strzelać. Umiała odróżnić psa od wilka.

— Hm. Napisz do Barry'ego — zapytaj, czy słyszał coś o wałęsających się psach.

— Już się robi. — Wysłała maila do znajomej z FBI, w kopii do prokuratora, po czym szybko napisała kolejnego do Barry'ego i ten też wysłała. Odpowiedzi nie było od razu, więc zostawiła otwarty laptop i ubrała się w obcisłe dżinsy i bluzkę z dekoltem w łódkę, w ognistoczerwonym kolorze, który świetnie współgrał z jej skórą i włosami. Zauważywszy, że Jason patrzy na nią z podziwem, puściła mu zadziorne oczko, siadając na łóżku, by włożyć botki na obcasie. — Przestań tak na mnie patrzeć, bo nie zdążysz ugotować mi kolacji.

Roześmiał się, podszedł, objął ją i pocałował, powoli, długo. — Cokolwiek się tu, do cholery, dzieje, Carla — powiedział cicho, opierając czoło o jej czoło — nie żałuję, że zaprowadziło mnie to do ciebie.

— Ja też nie — wyszeptała, i tak stali, wtuleni w siebie, przez długą, błogą chwilę ciszy.

Nie składał jej żadnych obietnic i to doceniała. Oboje wiedzieli, że wpakowali się w coś głębokiego i mrocznego, może mroczniejszego, niż on kiedykolwiek widział, mimo wojennego doświadczenia. Że dziesiątki ludzi zniknęły bez śladu, a ten, kto ich zniknął, cholernie dobrze zacierał tropy. I że, czy im się to podoba, czy nie, Carla i Jason byli już na ich celowniku.

Jedynym realnym wyborem było dowiedzieć się, co się dzieje i kto to robi. Bo wyjazd z miasta, jak sugerował Jason, nie wchodził w grę. Nie wtedy, gdy Carla była przekonana, że zniknięcia nie ustaną.

Po prostu nie potrafiłaby żyć z takim ciężarem na sumieniu.

ROZDZIAŁ PIĘTNASTY

ZATRZYMALI SIĘ W SKLEPIE spożywczym po kilka rzeczy, zanim Carla odwiozła Jasona z powrotem do domu Rose. Po większościowo suchym dniu deszcz znów się rozpadał, więc wbiegli po schodach, Carla z ramionami wypełnionymi torbami z zakupami, a Jason obładowany pokrowcem na długą broń, laptopem i torbą z amunicją.

Drzwi wejściowe były otwarte.

Uchylone na kilka centymetrów, ale Carla zawahała się na progu. Zapadał zmrok i nie wydawało jej się, żeby Rose była typem osoby, która zostawia otwarte drzwi. Może pielęgniarka-opiekunka nie domknęła ich, kiedy wychodziła?

— Jason — powiedziała cicho.

— Co się stało? — Wchodząc za nią po schodach, odczytał jej mowę ciała, dostrzegł uchylone drzwi i zesztywniał. — Nie były zamknięte na klucz?

— Były *otwarte*.

Syknął przez zęby. Odstawił torbę z laptopem pod ścianą ganku, sięgnął pod kurtkę i dobył pistolet. —

Odsuń się, Carla. Rose nigdy nie zostawiłaby drzwi otwartych.

Przełknęła ślinę, nagle poczuwszy, jak serce bije jej gromko jak młot, i odsunęła się, by go przepuścić. Zsunął z ramienia pokrowiec na długą broń, oparł go o ścianę ganku. Odstawił też torbę z amunicją.

— Przyciśnij się do ściany. Bokiem. Mały cel — wyszeptał tuż przy jej policzku, poczekał, aż posłucha, po czym ruszył naprzód nagłym rozmytym ruchem, niemal zbyt szybkim, by mogła go śledzić, kopniakiem otwierając drzwi i wpadając do środka z uniesioną bronią.

Carla stała, wstrzymując oddech i wytężając słuch. Nic jednak nie słyszała, nawet kroków Jasona, gdy przemykał przez dom.

Wrócił po minucie, z ponurym wyrazem twarzy. — Nie ma tu Rose — wycedził, chwytając ją za łokieć, by szybko wprowadzić ją do środka, po drodze podnosząc wszystko, co porzucił. Zatrzasnął drzwi i przekręcił zamek.

— Jak to nie ma? Dokąd poszła?

— Nie mam pojęcia.

Twarz Jasona była napięta, surowa, usta ściągnięte w twardą linię. Podszedł do okien, gwałtownie zaciągnął zasłony, a potem włączył światło.

Carla rozejrzała się, zastanawiając się, co sprawia, że bruzdy na jego czole jeszcze się pogłębiają. Na ile mogła dostrzec, nic nie było poprzestawiane. W salonie stało kilka stolików pomocniczych z lampami i bibelotami, z których z pewnością coś zostałoby naruszone, gdyby doszło do jakiegoś zamieszania.

— Co widzisz? — zapytała.

— Torebka ciotki Rose. — Jason wskazał dużą, brązową torebkę leżącą na podłodze obok rozkładanego fotela. —

I jej telefon. — Na ławie leżała komórka, prosta, z klawiaturą numeryczną, a nie smartfon. — Nie ma mowy, żeby wyszła gdziekolwiek bez nich. — Klęknął na jedno kolano, rozpinając pokrowiec na długą broń. — Nie podoba mi się to, Carla.

— Może zasłabła. — Carla próbowała znaleźć dobre wytłumaczenie nieobecności Rose. — Zabrała ją karetka?

— Masz numer do państwa Barclayów, z sąsiedztwa? Wiedzieliby, gdyby tak było. — Gdy wybierała numer, Jason dodał: — Oczywiście, zadzwoniliby do mnie natychmiast, więc wątpię.

Pani Barclay odebrała po kilku sygnałach. — Rose? — powiedziała w odpowiedzi na pytanie Carli. — Nie, nie widziałam jej od rana. Wpadłam z zupą, którą ugotowałam na lunch. Mam do was przyjść?

— Nie — powiedziała szybko Carla. — Nie, proszę zostać w domu. Proszę zaciągnąć zasłony.

Zapadła krótka cisza, po czym na linię wszedł pan Barclay. — Młoda damo, nie podoba mi się to. Gdzie jest Rose? A Jason?

— Jason jest teraz ze mną. Nie rozumiemy, gdzie jest Rose, dlatego dzwonimy. Wróciliśmy i jej nie ma.

Jason poruszał się po domu bezszelestnie, z shotgunem w dłoniach, czujnie lustrując wzrokiem każdy pokój.

— Czy widzieli państwo dziś po południu coś niepokojącego? Jakiś obcy samochód na ulicy? — zapytała Carla z nadzieją.

— Przykro mi, pani Ramirez. Nic — powiedział Barclay, a w tle usłyszała, jak przytaknęła jego żona. — Mamy zadzwonić na policję? — dodał, po czym szorstko się roześmiał. — Proszę mnie słuchać. Wciąż wierzę w prawo i porządek.

— Ja wciąż wierzę w prawo i porządek, panie Barclay. Tyle że szeryf Woodvale najwyraźniej nie. Proszę nie dzwonić na policję — ale ma pan pod ręką długopis i kartkę? Podam panu kilka numerów i poproszę, żeby zadzwonili państwo do paru osób w moim imieniu. Jedna z nich to mój znajomy z FBI.

Jason, wracając wtedy do pokoju, skinął jej z uznaniem. — Tego twojego znajomego prokuratora też — powiedział cicho — i Barry'ego. — Wyciągnął swój telefon, podczas gdy Carla dyktowała numery i udzielała państwu Barclayom instrukcji, i wybrał numer.

Jason chciał uniknąć tego kroku, ale nie miał już wyboru. — Szefie — powiedział, gdy jego przełożony, były kapitan Jack McAuley, odebrał telefon — wydaje mi się, że potrzebuję bardzo wielkiej przysługi.

— Pewnie mam u ciebie jeszcze kilka długów — odparł swobodnie Jack. — Czego ci trzeba?

— Wsparcia.

Zapadła krótka cisza. — Rangersi byliby bliżej — powiedział Jack.

— Wiem, ale proszenie ich o działania na amerykańskiej ziemi to otwarcie puszki Pandory.

— A guàlizeańscy żołnierze będą lepsi?

Jason skrzywił się. — Prywatni najemnicy, których da się wiarygodnie wyprzeć? — spróbował.

— Co, do kurwy nędzy, się dzieje, Hunter?

— Chciałbym wiedzieć — odparł szczerze Jason — ale jestem prawie pewien, że nie żyje co najmniej pięćdziesiąt osób, może więcej, a moja ciotka Rose może być następna. Zniknęła.

Jack doskonale wiedział, kim była Rose i co znaczyła dla Jasona. Zjadł niejedne jej ciasteczka z paczek. Zaklął pod nosem przez parę sekund, po czym powiedział rzeczowo:

— Wyślę ludzi samolotem jeszcze dziś w nocy.

— Niech przyjadą do domu Rose. Będzie tu kobieta, prawniczka o nazwisku Carla Ramirez. Wie wszystko, co ja, a pewnie i więcej. Wprowadzi ich w sprawę.

— A ty gdzie będziesz? — Z tonu Jacka wynikało, że doskonale wie, co Jason zamierza.

— Idę znaleźć ciotkę Rose.

Rozłączywszy się, odwrócił się do Carli, która stała z rękami na biodrach, piorunując go wzrokiem. — Nie ma mowy, żebym tu siedziała, podczas gdy ty pójdziesz... dokąd? Nawet nie wiesz, gdzie szukać!

— Wiem, od czego zacząć — powiedział Jason.

— Biuro szeryfa? Aresztują cię, jak tylko przekroczysz próg!

Pokręcił głową, a na jego ustach pojawił się krzywy uśmiech. — Nie jestem aż tak głupi. Nie wzięliby tam Rose. Mimo tego, co myślę o szeryfie, nie sądzę, żeby cały wydział był skorumpowany. Twój stary kumpel ze szkoły wydawał się w porządku, choć kompletnie zielony. Poszłaby fama.

— To gdzie?

— Tam, gdzie to się zaczęło. — Jason podniósł karabin, który kupił tego dnia, wdzięczny za własną paranoję jak nigdy. — W domu mojego wuja.

Carla wpatrywała się w niego, ewidentnie próbując zrozumieć, a on postarał się wyjaśnić.

— Rose jest matką Philipa. Idź po drzewku logicznym, dobra? Zakładam, że ktokolwiek ją zabrał, zrobił to, żeby zmusić mnie do odpuszczenia — albo planuje zwabić mnie w pułapkę. Tak czy inaczej, używają jej jako broni przeciwko mnie.

— Dobrze — skinęła powoli Carla. — Na razie nadążam.

— Albo mój wuj o tym nie wie — wtedy mogę się odwołać do tego, że może jeszcze choć odrobinę kocha swoją matkę, i spróbować nakłonić go, żeby wykorzystał przysługi, by zapewnić jej bezpieczeństwo — albo wie, i wtedy niemal na pewno zabrano ją do jego domu.

Carla przygryzła wargę, rozważając jego wnioski, a Jason już sądził, że zaraz użyje swojego bystrego prawniczego umysłu, żeby wytknąć tysiąc dziur w jego logice i wyliczyć całą listę innych rozwiązań. Co przyjąłby z ulgą, bo niewinne, logiczne wyjaśnienie, gdzie jest Rose, byłoby ogromnym oddechem ulgi.

Zamiast tego pokręciła powoli głową. — Uważasz, że on *wie*, prawda? Że jest w to wszystko zamieszany... cokolwiek to za syf. I że jest gotów wykorzystać własną matkę jako zakładniczkę, żeby powstrzymać cię przed odkryciem prawdy.

— Tak — odparł bez ogródek Jason.

— W takim razie na pewno tu nie zostaję.

Mrugnął. — Słucham?

— Mnie też muszą powstrzymać, Jason. A moja mama już nie żyje. Nie mają żadnych zakładników, których mogliby użyć przeciwko mnie. Jeśli mnie tu zostawisz, będę jak kaczka na strzelnicy.

Jej telefon zadzwonił, kiedy on wpatrywał się w nią, zbierając argumenty, dlaczego nie ma racji — choć przeczuwał, że spór z prawniczką nie skończy się dla niego dobrze. Carla wyjęła telefon i spojrzała na ekran.

— Barry — powiedziała, a on skinął głową i poczekał, aż odbierze.

Carla włączyła głośnomówiący, trzymając telefon między nimi. — Hej, Barry — powiedziała.

Cisza.

Wzrok Carli oderwał się od telefonu i nagle, z przerażeniem na twarzy, spotkał oczy Jasona.

— Barry? — odezwał się Jason, licząc, że męski głos po drugiej stronie sprawi, że ktokolwiek to jest, dwa razy się zastanowi. Zakładając, że to w ogóle nie jest Barry.

— Po prostu odejdźcie — odezwał się mechanicznie zniekształcony głos. — To wasze jedyne ostrzeżenie. Oboje. Wsiądźcie do samochodu i wyjedźcie. Opuśćcie stan. Opuśćcie kraj.

— *Barry* — poruszyła bezgłośnie ustami Carla, z bólem na twarzy. Jason pokręcił głową, ostrzegając ją, żeby tego nie mówiła.

— Już wiesz, że tego nie zrobię — powiedział. — I wiesz dlaczego. Wypuść Barry'ego i Rose, pogódź się ze stratami. Ty się wynoś. Bo ja idę po ciebie.

Śmiech brzmiał okropnie przez urządzenie zniekształcające, którego rozmówca najwyraźniej używał. Jak z horroru. Carla przycisnęła wolną dłoń do ust. Drżała, a furia, która wezbrała w Jasonie — głęboka, brutalna — aż go zszokowała.

— Uciekaj — powiedział ostro. — Uciekaj, tak szybko, jak potrafisz, i lepiej, kurwa, *nigdy* nie przestawaj oglądać się przez ramię, skurwielu, bo idę po ciebie. I lepiej wierz, że Rangersi dopadają to, na co polują. — Wcisnął palec w ekran, by przerwać połączenie, zabrał Carli telefon i wyłączył go.

— Co... — zaczęła.

— To dosłownie zaawansowany nadajnik lokalizacyjny. Nie sądzę, żeby byli aż tak podpięci, ale mogę się mylić. Zostawimy je, kiedy będziemy wychodzić. Komputery też.

Patrząc na trzymany w dłoni telefon jak na jadowitego węża, Carla ostrożnie odłożyła go na ławę. — Myślisz, że tak dorwali Barry'ego... śledzili nasze telefony?

— Nie — pokręcił głową Jason. — Myślę, że już go obserwowali. Zadawał za dużo pytań. Pamiętasz, mówił, że kazano mu odpuścić temat, nad którym pracował.

— Cholera. — Zacisnęła powieki, wzięła głęboki oddech. — Myślisz, że on już nie żyje?

Jej głos był bardzo cichy i Jason chciał wziąć ją w ramiona, przytulić mocno, obiecać, że wszystko będzie dobrze. Że ją ochroni, znajdzie Rose i Barry'ego i wszystko się ułoży.

Ale oboje wiedzieli, że to byłaby bzdura, więc tego nie powiedział.

— Masz rację, że nie możesz tu zostać — powiedział zamiast tego. — Powinnaś pojechać do domu. I zadzwonić po tylu przyjaciół, ilu przyjdzie ci do głowy, żeby się tam z tobą spotkali. Tego twojego kumpla zastępcę szeryfa, tego twojego znajomego prokuratora, każdego, kogo tylko znasz i kto ma wpływy. Zadzwoń do nich teraz, powiedz, żeby przyjechali do ciebie, i jedź. Powiedz im, co mówił Barry, powiedz, że teraz zniknął. Im więcej osób będzie wiedzieć, tym będziesz bezpieczniejsza; tym mniejsza szansa, że to da się ukryć.

— Znajdziesz ich. — Głos jej drżał, ale patrzyła mu prosto w oczy. — Znajdziesz ich, Jason, i sam opowiesz o tym wszystkim FBI, a my doprowadzimy tych ludzi przed wymiar sprawiedliwości.

— Znajdę ich — przytaknął równym głosem.

Nie dodał tego, o czym pomyślał, ale był prawie pewien, że Carla i tak to wie.

Albo zginę, próbując.

ROZDZIAŁ SZESNASTY

— CO TERAZ ROBIMY? — zapytała Carla, obserwując Jasona, jak cicho i sprawnie się obładowywał. Kupił spodnie typu cargo i kamizelkę myśliwską, obie z masą kieszeni; przebrał się w nie i teraz wypełniał kieszenie amunicją.

— Wysadź mnie na Greens Road i jedź do domu — rzucił krótko Jason. — Zadzwoń ze stacjonarnego w biurze do wszystkich, o których mówiliśmy, i do każdego, kto jeszcze przyjdzie ci do głowy.

Greens Road nie była ulicą dochodzącą do miejsca, gdzie mieszkał Philip Hunter; Carla zmarszczyła brwi, rozrysowując w myślach okolicę. Szła pod kątem prostym do posiadłości Hunterów, pomyślała, a po jednej jej stronie ciągnęły się gęste lasy, przez które Jason będzie mógł się niepostrzeżenie przedostać na ziemię wujka.

— Czyli nie zamierzasz po prostu podejść i zadzwonić do drzwi? — zapytała.

— Pukanie do frontowych drzwi ma sens tylko wtedy, gdy wchodzisz z przytłaczającą siłą — odparł sucho Jason

— a że nie widzę tu w pobliżu pod ręką oddziału SWAT, wybieram podejście po cichu. Chcę rozeznać teren.

Minęli radiowóz jadący w przeciwnym kierunku w pewnym momencie drogi i oboje wstrzymali oddech na długą chwilę, zerkając w lusterka.

— Jeśli zawróci, od razu zjedź na pobocze, a ja wyskoczę — powiedział cicho Jason, pochylając się, by wpatrywać się w lusterko boczne.

Kłykcie Carli zbielały na kierownicy. — Chyba nie uważamy, że cały urząd szeryfa jest skorumpowany. Prawda?

— Niemożliwe. Ilu ich jest, ze dwunastu, więcej? I część musiała pracować w departamencie jeszcze zanim Mc-Carthy przyszedł, prawda?

— Kilkoro — przyznała Carla. — Zastępczyni Cargill była już weteranką, kiedy ja chodziłam do szkoły; musisz ją pamiętać. Zawsze ją wzywali do szkoły, kiedy dzieciaki pchały się w poważne kłopoty. Sama ma tam teraz swoje dzieci; nie wyobrażam sobie, żeby była zamieszana w cokolwiek, czym jest ten syf, ale jednocześnie jak to możliwe, że nikt z nich niczego nie zauważył?

— Byłabyś zaskoczona. — Jason przestał zerkać w lusterka. — McCarthy wygląda mi na faceta, który wszystko trzyma w szufladkach. Informacje tylko dla tych, co muszą wiedzieć; jeśli to nie twoja sprawa, to nie twoja sprawa. Kilka razy ostro przydepnąć tym, którzy wtykają nos tam, gdzie nie chce, i szybko oduczy ich zaglądania poza własne pudełka.

— Brzmisz, jakbyś miał z tym doświadczenie? — Carla zerknęła na niego.

— Miałem szczęście do dowódców w Rangersach, ale co jakiś czas trafiasz na jednostkę, w której rządzi taki gość.

— Jason skrzywił się. — Mieli tendencję ginąć w akcji... a biurowy szczur, który ich tak urządził, zostawał przy życiu, żeby rozwalić w ten sam sposób kolejną jednostkę.

Zbliżali się już do zjazdu na Greens Road i gdy tylko Carla skręciła, Jason powiedział: — Zgaś światła.

— Teraz naprawdę mam nadzieję, że tamten radiowóz nie zawrócił, żeby nas śledzić, bo ma gotowy pretekst, żeby mnie zatrzymać — powiedziała Carla, ani trochę nie żartując.

— Nie zawrócił. Od kilku minut nikt za nami nie jedzie. — Jason sięgnął i przełączył lampkę sufitową, żeby nie zapaliła się, gdy wysiądzie z auta. — Tutaj.

Nie było tu latarni ulicznych, a domy po zabudowanej stronie drogi stały daleko od siebie i mocno cofnięte. Żadne światło z ganków nie sięgało ciemnego, pełnego cieni miejsca, które wskazał Jason.

Carla przełknęła ślinę. — Boję się — wyszeptała cichutko.

— Będzie z tobą wszystko w porządku. — Głos Jasona był miękki w ciemności. Położył dłoń na jej policzku, pochylił się tak, że jego czoło dotknęło jej czoła. — Jedź do domu, włącz wszystkie światła, zadzwoń do przyjaciół i poproś, żeby przyjechali i zostali z tobą.

— Nie boję się o siebie, boję się o ciebie!

Parsknął cicho, jego oddech był ciepły na jej ustach. — Nic mi nie będzie, Carlo. Znajdę Rose i przyprowadzę ją do ciebie. Jacyś moi znajomi powinni dotrzeć do ciebie jutro w ciągu dnia. Opowiesz im wszystko. Jeśli do tego czasu nie wrócę, przyjadą mnie znaleźć.

— *Lepiej*, żebyś do tego czasu wrócił! — Po policzkach ciekły jej łzy i nie umiała ich powstrzymać.

— Ciii. — Pocałował ją lekko, palcami musnął pod oczami, ścierając łzy. — Wrócę, Carlo... i kiedy wrócę, pewnie będzie mi potrzebny prawnik, więc lepiej bądź gotowa. Nie mam dziś nastroju do miłosierdzia.

— Pewnie powinnam się martwić, że będziesz bawić się w samozwańczego stróża. — Jej usta drżały. — Ale jeśli mamy rację... moja *matka* była jedną z ich ofiar. Więc nie bądź miłosierny.

Pocałował ją raz, pewnym, mocnym muśnięciem ust, a potem już go nie było — wysunął się z auta tak szybko i cicho, że aż drgnęła ze zaskoczenia. Jedynym dźwiękiem było ledwie słyszalne kliknięcie drzwi zamykanych za nim. Przez krótką chwilę był cieniem za oknem, a potem zniknął w drzewach tak doszczętnie, że gdyby nie ciepło wciąż tlące się na jej ustach, mogłaby się niemal zastanawiać, czy w ogóle tu był.

Jedź do domu, powiedziała sobie, biorąc głęboki oddech i wrzucając z powrotem Drive. Włączyła światła z powrotem, dojeżdżając do skrzyżowania, i rozglądała się nerwowo za radiowozem albo jakimkolwiek innym samochodem.

Nic. Aż do jej domu. Zaparkowała przy ulicy, dokładnie pod latarnią, z westchnieniem ulgi wygrzebując klucze. Wejść do środka, wyjąć własny pistolet z sejfu, skorzystać z telefonu stacjonarnego i zacząć dzwonić. Najpierw Marcus Deveraux z prokuratury okręgowej — było późno, ale miała jego prywatny numer — a potem cała lista innych wpływowych osób.

W jej domu oczywiście nie paliło się żadne światło, ale rano nic nie zostawiła zapalonego. W korytarzu nie było włącznika, ale mieszkała tu już na tyle długo, że znała układ mieszkania w ciemnościach. Zamknęła za sobą drzwi kopnięciem, słysząc, jak rygluje się zamek, po omacku sięgnęła po łańcuch, żeby go zapiąć, potem ruszyła korytarzem, muskając palcami ścianę, aż dotarła do drzwi swojego gabinetu. Pchając je, sięgnęła do włącznika światła, ale zanim jej szukające palce go znalazły, rozległo się miękkie kliknięcie i na biurku zapaliła się lampka, oświetlając pokój i wysoką postać rozpartą wygodnie w jej biurowym fotelu.

— Wieczór, panno Ramirez — odezwał się spokojnie szeryf McCarthy. — Czekałem na ciebie.

Przez nieskończoną chwilę Carla tylko się w niego wpatrywała. — Jak się tu dostałeś? — wydusiła w końcu, nie potrafiąc wymyślić nic innego.

— Wynajmujesz ten dom, panno Ramirez. — Obdarzył ją niemal współczującym spojrzeniem. — Jak myślisz, kto jest właścicielem?

Nazwy w umowie najmu nie stanowiły Philip Hunter ani Hunter Industries, ale bez wątpienia mężczyzna miał tuzin spółek-wydmuszek. Carla w duchu przeklęła własną głupotę — a na głos zaklęła, gdy zobaczyła uchyloną szufladę szafki kartotekowej obok szeryfa, łom leżący na podłodze obok złamanego zamka szyfrowego. Akta rozłożone na jej biurku.

— To są moje poufne akta klientów!

— A niektóre bardzo przydatne. — Szeryf nawet nie mrugnął. — Komenda Policji w Woodvale dziękuje za informacje, panno Ramirez.

— Pierdol się!

Cmoknął z dezaprobatą, powoli kręcąc głową. — Mało to damie przystoi, *Carlo*.

Sposób, w jaki użył jej imienia, coś w niej przestawił. Jego postawa zmieniła się z spokojnej pewności w coś innego; aurę powściąganej groźby, która ją przerażała. Usiłowała rozkazać mięknącym kolanom, by się uspokoiły.

— Czego chcesz, szeryfie?

— Gdzie jest Jason Hunter?

— Nie mam pojęcia. — Powiedziała to absolutnie szczerze. — Zniknął.

Warga McCarthy'ego drgnęła w pogardliwym grymasie. — A ciebie zostawił samą.

Nie spodobał jej się ten kpiący ton przeciągania sylab. Miała ochotę zetrzeć mu ten uśmieszek z twarzy, ale z bolesną szczerością wiedziała, że fizycznie nie ma z nim szans. Pozostawał jej tylko spryt, żeby go przechytrzyć, ale nie mogła nawet zacząć, dopóki nie wiedziała, po co tu przyszedł i czego chce.

— Nie pomogę ci z Jasonem Hunterem. To nieobliczalny gość.

— Owszem, ale nie zgodzę się co do tego, czego nie możesz. Moim zdaniem możesz nam zdecydowanie pomóc się nim zająć, bo wydaje mi się, że wiem, dokąd zmierza. — McCarthy rozwinął się z fotela, podnosząc się na nogi. — Ty i ja zrobimy sobie małą wycieczkę, Carlo.

— Ani, kurwa, myślę! — Nie miała szans wygrać tej walki, ale nie zamierzała paść bez niej. Była prawie pewna, że on jej nie zastrzeli, co znaczyło, że może uda się zadać parę ciosów. Zawracając na pięcie, rzuciła się do biegu, myśląc, że jeśli tylko dopadnie kuchni, chwyci nóż...

Jakby muł kopnął ją między łopatki, a ona runęła na podłogę, wiotczejąc i drgając w spazmach. *Taser*, podpowiedziała ostatnia racjonalna część mózgu, zanim całkowicie się wyłączyła.

Jason sunął bezszelestnie przez ciemność, nasłuchując uważnie w ruchu. Okrążył już całą posiadłość wujka, sprawdzając perymetr. O ile w ogóle można było mówić o granicy, bo z jednej strony nie było jej wcale. Tylko głęboki las.

Jakoś Jason nie sądził, żeby chodziło o to, że wuj lubił, gdy jelenie miały okazję włazić mu do ogrodu.

Raz usłyszał szczek psa, głębokie ujadanie, które wyraźnie dochodziło skądś blisko domu, choć nie ze środka. Nie owczarek, pomyślał. Jakiś pit albo mieszaniec. Pies bojowy? Wiedział, że Philip bywał z natury okrutny, mógł lubić walki psów. Miał tu dość miejsca, żeby zapraszać kumpli i oglądać je, gdyby chciał; posiadłość liczyła co najmniej 60 akrów. Ale nielegalna arena do walk psów nie była tym, czego tu pilnowano. To by nie tłumaczyło zniknięcia tylu ludzi.

W domu paliły się światła; nie wszystkie, ale w kilku oknach, i raz czy dwa Jason zobaczył, jak cień przesuwa się we wnętrzu, wiedział więc, że ktoś przynajmniej tam jest.

Pytanie brzmiało: czy ciotka Rose jest tam w środku?

Podczołgał się bliżej, nasłuchując. Jeśli pies, albo psy, go zwietrzą, mogą wszcząć alarm. Słysząc kolejne ujadanie po drugiej stronie domu, przesunął się jeszcze bliżej, nieco pewniej. Podejdzie od tej strony, może uda mu się zajrzeć w okno.

Dźwięk silnika i kół miażdżących żwir sprawił, że znów wtopił się w ciemność przy kilku dużych drzewach. Reflektory na moment musnęły go snopem, ale Jason się nie przejął; rozmazał błoto na twarzy, żeby ją przyciemnić, dosłownie w chwilę po wysiadce z auta Carli, miał na sobie ciemne ubranie i stał bez ruchu w cieniu. Z jadącego samochodu nie do odróżnienia.

Drzwi garażowe uniosły się i Jason patrzył, jak samochód, a raczej pickup, wtacza się do środka. Nowiutki, drogi F150, wypasiony na full. Wujka? Kto był w domu? Philip Hunter był kiedyś żonaty, ale żona dawno już odpłynęła na lepsze wody, liżąc rany i z wdzięcznością przyjmując żałośnie małą odprawę, którą raczył jej rzucić — byle uciec.

Drzwi opadły z powrotem i Jason wysunął się spomiędzy drzew, podczołgał się bliżej domu. Zewnętrzne światła oznaczały, że prędzej czy później będzie musiał przeciąć odkryty fragment terenu, zatrzymał się więc, by ocenić najlepsze miejsce.

Tam, pomyślał. Trudno to zobaczyć pod tym kątem z któregokolwiek okna. Zajdzie na róg domu, między oświetlone okno z jednej strony a zgaszone z drugiej. Nie widział na domu żadnych kamer, co znaczyło, że raczej nie zostanie zauważony. Szykował się do sprintu przez dziesięciometrową wyrwę, gdy znieruchomiał, bo ktoś zawołał jego imię.

— Jason!

Czy to był głos wujka? Dochodził dalej, zza domu. Wtopił się z powrotem w drzewa, przysuwając się bezgłośnie w tamtą stronę, uważając, by nie trzasnąć nawet najcieńszą suchą gałązką pod stopą.

— Wiem, że tam jesteś, Jason!

Nie, nie wie. Strzela.

Na drugim piętrze był balkon. Niedorzeczność w tym klimacie; może przez parę miesięcy dałoby się na nim posiedzieć, a i wtedy zjadłyby cię żywcem komary. Za nim rysowały się drzwi balkonowe, choć bez światła. Jedne stały otwarte.

Uniósł karabin do ramienia, namierzył drzwi. Trzy sylwetki, jak mu się zdawało, stojące blisko siebie: jedna wysoka, druga średnia, trzecia niska.

— Możesz myśleć, że twój wuj zawaha się skrzywdzić własną matkę.

Szeryf McCarthy, pomyślał Jason, skupiając celownik na najwyższej postaci. *Miałem rację. Ten skurwieljest w to umoczony po uszy.*

— Zapewniam cię, że bez wahania zrzucę ją z tego, kurwa, balkonu.

Jason odstrzeli mu łeb, zanim choćby zbliży Rose do poręczy. Minimalnie skorygował cel. Brał na muszkę łeb drania.

— Ale Philip wolałby, żebym tego nie robił. Więc załatwiłem sobie inne zabezpieczenie. Mam tu nożyce do cięcia łańcuchów, Jason. Za każdą minutę, która minie, zanim zjawisz się przy drzwiach frontowych, odetnę słodkiej Carli jeden palec.

Szok na długą, potworną chwilę go sparaliżował. Potem trzy sylwetki się przesunęły, najwyższa cofnęła się odrobinę i pojawiła się jeszcze jedna niska, tuż przed nią.

— Minuta pierwsza startuje teraz, Jason. Weź swoje gnaty. Zostawiłeś paragony w samochodzie Carli, więc wiem dokładnie, co kupiłeś. Zostawisz którykolwiek, zapłaci za to palcem.

Rzucił się biegiem. Nie wiedział, ilu facetów było w środku. Nawet jeśli postrzeli McCarthy'ego i wujka, mogło być ich więcej. Musiało, biorąc pod uwagę skalę zniknięć. Nie wierzył, że McCarthy był jedynym brudnym gliną w biurze szeryfa, to po pierwsze.

Był już prawie przy drzwiach frontowych, kiedy uświadomił sobie, że ma jedną broń, o której McCarthy nie wiedział: małą Walther Rose. Nie było czasu na nic skomplikowanego, ale pozwolił, by karabin zawisł na pasku wokół szyi, szybko odpiął kaburę od pasa i wsunął pistolet, razem z kaburą, do donicy przy drzwiach, strzepując na niego garść ziemi, nawet gdy drugą ręką stukał kostkami w drzwi.

Rozdział siedemnasty

— Siedemnaście sekund do startu — odezwał się skądś nad nim głos jego wuja; z innego okna, jak przypuszczał Jason.

— Jestem. Puść kobiety, Philip. Masz to, czego chciałeś.

— Och, do tego jeszcze daleka droga. Połóż broń na ziemi, Jason. Pamiętaj, wiemy, co masz. Tam, na podjeździe, żebym je widział. A potem zdejmij ciuchy i buty i też je połóż. Jestem pewien, że masz przy sobie jakiś nożyk czy dwa, przywiezione z Kolumbii czy skądinąd, gdzie, do cholery, łaziłeś; pokaż je.

— Nieźle się mnie boisz, co, wujku? — rzucił Jason szyderczo. — Długo na to czekałem, wiesz? Aż pokażesz światu swoje prawdziwe oblicze.

— Świat nie patrzy, dzieciaku. Pokaż te noże.

— Tylko dwa. — Uniósł je, przechylając tak, by złapały światło z ganku, po czym rzucił je na żwir. — Chociaż do zabicia faceta nigdy nie potrzebowałem więcej niż jednego. Co wolisz, wujku? Tyle że twoje ulubione ofiary to zwykle nie faceci, co? Przeważnie dzieciaki albo starsi. Która była twoją ulubioną? Tamte dwie studentki?

Zrzucił kurtkę i koszulę, cisnął je na ziemię. Schylił się, rozsznurował buty i wyszedł z nich. Rozpinając pasek, zsunął spodnie, zupełnie niekrępując się tym, że rozbiera się w chłodnym, jesiennym mroku.

W końcu na szkoleniu Rangersów przechodził już przez o wiele gorsze rzeczy.

— Bokserki zostaw; nikt nie chce oglądać twojego sprzętu — powiedział Philip, gdy zamek drzwi frontowych kliknął. Nie otworzyły się szeroko; tylko tyle, by ktoś mógł przez szparę wrzucić parę opasek zaciskowych.

Jason nie czekał na polecenie; po prostu podniósł opaski i zapiął je, najpierw mocno dociągając tę na lewym nadgarstku, a potem pomagając sobie zębami przy prawej, z rękami z przodu.

Gdyby czekał, Philip mógłby kazać temu, kto stał przy drzwiach, zapiąć mu ręce z tyłu, a to byłoby niewygodne. Niektórzy Rangersi, których znał, potrafili przełożyć nogi przez pętlę ramion, gdy mieli skute z tyłu dłonie; Jason wiedział, że do nich nie należy.

— Dobrze — powiedział Philip, kiedy Jason uniósł ręce. — Podejdź do drzwi wejściowych i połóż ręce nad głową na drzwiach.

Durne, gdyby ktoś miał właśnie otworzyć drzwi, pomyślał Jason, ale najwyraźniej nie o to chodziło. Na żwirze zachrzęściły opony, a reflektory rozświetliły go, kiedy samochód wjechał na podjazd.

Znam tego gościa. Pamiętam go z biura szeryfa, z tamtego pierwszego dnia. Jason zmrużył oczy. — Zastępca Allen, prawda? — powiedział sucho. — Cóż za miła niespodzianka.

— Zamknij się. — Pięść Allena wbiła się w żebra Jasona. Ten ledwie drgnął. Zastępca był miękki; na pewno nie po wojsku, był tego niemal pewien. Ten cios chyba bardziej zabolał pięść Allena niż jego samego.

— Wprowadź go — rozkazał Philip. — Czas na małą rozmowę w cztery oczy z moim siostrzeńcem, zanim reszta dotrze.

Reszta? Jason wyostrzył słuch.

Allen pchnął Jasona do środka i na górę, do wielkiego salonu, w którym było więcej poroży jeleni, niż ktokolwiek przy zdrowych zmysłach chciałby oglądać przez całe życie. Tygrysia i niedźwiedzia skóra na podłodze mówiły mu wszystko, co trzeba było wiedzieć o Philipie; jego wuj uważał się za potężnego myśliwego. Szczytowego drapieżnika.

I nagle Jason dokładnie zrozumiał, co stało się ze wszystkimi ludźmi, którzy zniknęli z Woodvale i Redstone Creek i kto wie skąd jeszcze przez ostatnie kilka lat.

— Chory z ciebie szczeniaczek, co? — rzucił konwersacyjnym tonem, ogarniając wzrokiem wszystko, co ważne w pokoju. Rose i Carla siedziały skulone na kanapie. Ręce Carli były związane z tyłu, a w ustach miała knebel. Włosy miała potargane, a jej oczy ciskały mordercze iskry w stronę szeryfa McCarthy'ego, który przysiadł niedbale obok niej na podłokietniku kanapy, niedbale trzymając w ręce pistolet. Przy łokciu, na stoliku, spoczywały nożyce do prętów i Jason zacisnął zęby na ten widok.

Rose nie była skrępowana; nie miała na głowie chustki, a ostatnie, żałośnie cienkie kosmyki jej włosów miękko połyskiwały w świetle. Łzy ciekły powoli, nieprzerwanym strumieniem po każdej z jej pomarszczonych policzków i serce Jasona pękło na ten widok.

Philip siedział w skórzanym fotelu, w dłoni trzymał szklankę, w której połyskiwał bursztynowy płyn. Uśmiechał się z samozadowoleniem, gestykulując szeroko ze szklanką.

— Siadaj, siostrzeńcu.

Jason go zignorował, podszedł prosto do kanapy i pochylił się, by spojrzeć Rose w oczy, nie zważając na wściekłe prychanie Philipa i to, że szeryf zerwał się na równe nogi.

— Wszystko w porządku, ciociu Rose? — zapytał.

— Nigdy mi się nie śniło, że jest aż tak podły — wyszeptała słabym, chropawym głosem. — Gdybym miała choć cień pojęcia... udusiłabym go w kołysce!

To była jego ukochana ciocia, wciąż zawzięta i zadziorna mimo wszystko. Pocałował ją w czoło. — Wyciągnę cię stąd — obiecał cicho i zobaczył w jej oczach wiarę. Większą, niż on sam w tej chwili miał, to pewne, ale musiał okazać pewność siebie dla niej.

— Siadaj, kurwa. — McCarthy demonstracyjnie napiął kurek.

— Zamknij się. I tak mnie tu nie zastrzelisz. Narobiłbyś bajzlu w pięknym pokoju trofeów Philipa, a że jesteś jego oczywistym przydupasem, kazałby ci to wyszorować twoją własną, pojebaną szczoteczką do zębów. — Jason posłał szeryfowi pogardliwe spojrzenie, jednocześnie przesunął się o krok i sięgnął, by zdjąć Carli knebel. Splunęła nim na bok.

— Przepraszam, Jason, czekał u mnie w domu. Powalił mnie taserem. — Posłała szeryfowi czarne spojrzenie.

— Utnę mu za to fiuta tymi nożycami do prętów — obiecał Jason, a Carla parsknęła śmiechem, jej oczy zabłysły. Widziała, tak jak on, że sytuacja jest piekielnie zła. Wiedzieli za dużo. Sprowadzono ich tu, żeby zginęli. Rose mogła zostać oszczędzona, przynajmniej na jakiś czas, zależnie od tego, ile jeszcze uczuć do matki zostało w Philipie.

Na zewnątrz znów zachrzęściły opony. McCarthy skinął na zastępcę Allena, który bez słowa wyszedł z pokoju, zapewne po to, by pozbierać ubrania i broń Jasona z żwiru i przywitać nowych przybyszy.

— No więc. — Philip upił łyk.

— Marny z ciebie gospodarz, Philip. Nawet swojemu pachołkowi drinka nie zaproponujesz. — Jason znów szturchnął McCarthy'ego słowem i zobaczył, jak twarz szeryfa pąsowieje. Philip miał go w garści, ale ten facet tego nie znosił, to było oczywiste.

— Zamknij się, Jasonie. — Philip oparł się wygodnie w fotelu, całkowicie rozluźniony, i wziął kolejny łyk. — Teraz, możemy uniknąć wielu nieprzyjemności, jeśli zrobisz jedną prostą rzecz.

— A to niby co?

— Przyznaj się do zabójstwa Julii Bulridge, oczywiście.

Roześmiał się z niedowierzaniem. — Naprawdę sądzisz, że to wszystko zniknie? Że będziesz mógł dalej uprawiać swoje parszywe gierki bez żadnej kontroli? Śnij dalej. Zbyt wielu ludzi już wie.

— Mówisz o swoim koledze dziennikarzu? — Philip pokręcił głową, przybierając smętny wyraz twarzy. — Wielka szkoda. Pijani kierowcy to plaga. Spadł z mostu w drodze z pracy do domu. Samochodu jeszcze nie znaleziono.

Biedny Barry. Jason jednak nie dał po sobie poznać wściekłości. Tylko przekrzywił głowę. — Jedyne, co zrobił, to dorzucił nam kilka ofiar do listy. FBI ma to już wszystko.

Uśmiech zniknął z twarzy Philipa.

— Blefuje — powiedział McCarthy. — Mówiłem ci. Mam kumpla w lokalnym biurze terenowym. Ostrzegłby mnie, gdyby cokolwiek przyszło. Cokolwiek.

— Dobrze, że mój znajomy jest w zupełnie innym biurze terenowym, prawda? — wtrąciła Carla, słodko jaskrawym tonem. — I że uprzedziliśmy ich, iż sprawa może zahaczać o politykę stanową i że lokalne biuro mogło zostać naciskiem zmuszone, żeby patrzeć w inną stronę?

— Zamknij się, suko! — Twarz McCarthy'ego się wykrzywiła i zamachnął się, jakby zamierzał spoliczkować Carlę wierzchem dłoni.

Jason zrobił szybki krok do przodu. — Tylko ją tknij, a zmuszę cię, żebyś zjadł swojego fiuta, po tym jak ci go odetnę!

Carla nie mogła uwierzyć w to, co widzi. Jason stał dosłownie w samych bokserkach, z dłońmi zakutymi z przodu, a jednak taką grozę niosła jego groźba, że McCarthy zawahał się.

— Dość! — powiedział Philip, i od razu było widać, kto tu rządzi, bo McCarthy ulegle zwrócił się ku niemu.

— Skoro nie zamierzasz przyjąć naszej bardzo rozsądnej propozycji, Jason, obawiam się, że będziesz musiał zabawić nas w inny sposób. To, że zabrałeś panią Bulridge z drogi tamtej nocy, przerwało nam polowanie i przez to mam kilku rozczarowanych klientów. Obiecałem im na dziś dobre łowy, żeby to nadrobić.

Uśmiechnął się czysto okrutnie, patrząc siostrzeńcowi prosto w oczy. — Więc wszystko zależy od ciebie, Jasonie. Kto będzie zwierzyną?

On każe mu wybierać, pojęła Carla z odrazą.

— Wypuść Carlę i Rose, a dam ci łowy rodem z twoich najdzikszych snów — powiedział Jason równym głosem.

— Nie taka była umowa, smarkaczu. — Philip znowu upił łyk, z kpiącym uśmieszkiem. — Chodzi tylko o to, kto zginie szybko, a kto powoli.

— W takim razie — odezwała się Rose, ku zaskoczeniu wszystkich — to ja będę zwierzyną. Skoro i tak umieram powoli.

Philip drgnął, po czym odstawił szklankę. — Nie. Ma mo... nie. — Szybko jednak przykrył ten krótki przypływ uczucia. — Obawiam się, że nie zapewnisz ogarom większego wyzwania ani myśliwym rozrywki. Choć Julia Bulridge nas zaskoczyła, muszę przyznać.

Oni polują na ludzi. *Z psami.*

Nagle, straszliwie jasno dotarło to do Carli. Przełknęła napływającą żółć.

— Nie wygłupiaj się — powiedział Jason, mówiąc powoli, jak do dziecka, któremu trudno coś wytłumaczyć. — Jeśli i tak masz nas wszystkich zabić, nie mam żadnej motywacji. Daj mi choć cień wyjścia, choćby mało prawdopodobny. Powiedz, że jeśli dotrwam do świtu, wypuścisz kobiety.

McCarthy się roześmiał. — Nie masz o tym pojęcia, co? Najdłużej ktoś wytrzymał trzy godziny. I to odkąd dajemy im pół godziny przewagi, żeby psy miały w ogóle wyzwanie.

— To nic cię nie kosztuje, żeby mi to obiecać. A i tak kto przy zdrowych zmysłach zaufa obietnicy takiej szumowiny jak ty? Po prostu powiedz, że jeśli do świtu mnie nie ubijecie, one też mają żyć.

— Dobrze. — Philip wzruszył ramionami. — A jeśli nie zapewnisz nam dość dobrych łowów, wypuszczę Carlę jako nagrodę pocieszenia.

— Stoi. — Jason skinął głową, najwyraźniej zadowolony.

Właśnie przekonał Philipa, żeby jeszcze przez chwilę trzymał nas przy życiu, pomyślała Carla. *On ma plan.*

Nie miała tylko pojęcia, jaki to mógłby być plan.

— Nie sądzę jednak, żebyś dostał pół godziny przewagi — powiedział Philip. — Piętnaście minut wystarczy.

Jason skinął, jakby go to wcale nie zaskoczyło. Spojrzał wtedy na Carlę i powiedział cicho — Trzymajcie się. Wrócę po was obie.

McCarthy się roześmiał, podnosząc się z miejsca. — Jesteś aroganckim gnojkiem. Już się nie mogę doczekać, aż moje psy ci to wygryzą.

— Sprowadź go na dół — polecił Philip. — Zamknę te dwie i dołączę do was. Przygotujcie go.

— Dla mnie wygląda na aż nadto gotowego. — McCarthy zmierzył Jasona pogardliwym spojrzeniem; ten wciąż sprawiał wrażenie całkowicie niewzruszonego, mimo że był prawie nagi i boso. — Idziemy. — Wyciągnął rękę, by położyć Jasonowi dłoń na ramieniu, ale najwyraźniej się rozmyślił, kiedy Jason gwałtownie odwrócił głowę i rzucił mu parzące spojrzenie. Szeryf zmienił ten ruch w wskazanie palcem, gestem nakazał drzwi. — Tędy.

Obaj bali się Jasona, nawet niemal nagiego i nieuzbrojonego. Jego pewność siebie wytrąciła ich z równowagi i choć sytuacja była zupełnie beznadziejna, Carla jakimś cudem czerpała z tego siłę.

Musiała wierzyć, że Jason naprawdę ma plan.

Bo inaczej zaczęłaby płakać i nie mogłaby przestać.

Z rękami związanymi z tyłu i z Rose, o którą musiała się martwić, Carla nie mogła zrobić nic innego, jak tylko posłuchać, gdy Philip kazał im wyjść z pokoju i zejść po schodach. Ujrzała przelotnie Jasona stojącego w jasno oświetlonym pokoju, pośrodku niewielkiego tłumu facetów wyposażonych w sprzęt łowiecki, zanim Philip popchnął je do kuchni, otworzył drzwi i skierował je kolejnymi schodami w dół.

To była piwniczka na wino, zauważyła Carla, kiedy zapaliło się światło. Całkiem wypasiona, z szafami z kontrolą temperatury wzdłuż jednej ściany i rustykalną drewnianą ławą na środku, wokół której stało sześć krzeseł.

— Będziecie tu bezpieczne, dopóki nie nadejdzie pora — powiedział Philip. — Nie mam nawet nic przeciwko temu, żebyście wypiły butelkę wina. Cieszcie się ostatnią nocą. — Spojrzał na Rose, jakby miał powiedzieć coś jeszcze, ale ona odwróciła się do niego plecami, więc wrócił na górę bez słowa. Drzwi u góry zamknęły się ciężkim łomotem i Carla usłyszała metaliczny trzask przekręcanego klucza.

Przez jakieś trzydzieści sekund stały z Rose w ciszy, patrząc na siebie, po czym Rose eksplodowała w ruch. — Musimy cię uwolnić z tych opasek. — Sięgnęła pod ławę, wysunęła szufladę i zaczęła w niej grzebać. — Całe szczęście, że ten mały gnojek nie zgasił światła. Musi tu być coś ostrego... — otworzyła następną szufladę. — Co to za piwniczka, w której nie ma, kurwa, korkociągu?

Carla omal się nie roześmiała na ten niespodziewany przekleństwo z ust starszej pani. — Stłucz kieliszek. — Skinęła głową na przeszkloną szafkę przy ścianie, pełną lśniących kryształowych kieliszków. — Albo butelkę wina, wszystko jedno. Tylko się nie potnij.

Rose szarpnęła drzwiczki szafki, wybrała kieliszek i zaniosła go do zlewu w rogu. Stukając nim o metalowy rant, mruknęła, gdy szkło pękło. — Odłamki są za małe. Spróbujmy jeszcze raz.

Za drugim razem wydobyty odłamek ją zadowolił i przywołała Carlę gestem.

— Owiń krawędzie jedną z tych serwetek. — Carla skinęła na stertę serwetek w jednej z szuflad. — Serio, Rose, nie potrzebujemy teraz do naszych kłopotów dorzucać twoich pokaleczonych palców.

— Lepiej miej nadzieję, że nie przetnę ci przypadkiem nadgarstków, młoda damo. — Głos Rose zadrżał.

— Jestem pewna, że nie. — Carla usiłowała wykrzesać z siebie ten sam spokojny, niewzruszony ton, jaki Jason miał na górze.

— Hm. — Bezpiecznie owinąwszy krawędzie odłamka, Rose stanęła za nią. — Oprzyj dłonie o róg stołu, dobrze?

Zaskakująco niewiele czasu zajęło przecięcie opaski, przynajmniej na jednym nadgarstku, a Carla miała gdzieś tę drugą. Wzięła od Rose odłamek szkła, gdy ta chciała zabrać się za przecinanie drugiej. — To nieistotne. Zetnę ją, jak już stąd wyjdziemy. Rozejrzę się jeszcze.

Wbiegła lekko z powrotem po schodkach i przyłożyła ucho do drzwi. Słyszały ciężkie kroki w butach, ale ten dźwięk ustał kilka minut wcześniej, gdy Rose pracowała nad opaską.

— Minęło piętnaście minut? — Głos Rose jej się załamał.

— Nie, ale wątpię, żeby dali mu piętnaście — powiedziała Carla szczerze. — Boją się, co potrafi. Powiedzą piętnaście, a dadzą dziesięć. Albo pięć.

— Kłamliwy, oszukańczy gówniarz. — Rose ciężko opadła na jedno z krzeseł przy stole, ukryła twarz w dłoniach. — Nie wiedziałam. Przysięgam, Carlo, nie miałam pojęcia...

— Wiem. — Zeszła z powrotem po schodach. Drzwi bez klucza się nie otworzą, a klucza nie miała i to była jedyna droga wyjścia. Jedyne, co mogła teraz zrobić, to pocieszać i zaopiekować się Rose, najlepiej jak potrafiła.

Chociaż.

Zmrużyła oczy na widok szafek.

Mogła zgarnąć parę butelek i trzymać je pod ręką. Jeśli ten, kto zejdzie po stopniach, nie będzie w pełni czujny, może uda się trzepnąć go jedną w łeb.

— Co tu jest drogie? — Rose podniosła głowę, gdy Carla otworzyła szafkę na wino. — Coś fajnego, ale z zakrętką...

— Czy to nie oksymoron?

— Szczerze mówiąc, tak dawno nie piłam wina, że i tak nie odróżnię porządnego od sikacza. Kieliszek czerwonego, proszę.

Philip miał drogi gust, jeśli chodzi o wino, zorientowała się Carla, przeglądając etykiety. Wzruszyła ramionami, wybrała butelkę z zakrętką, odkręciła i nalała Rose kieliszek. — Możesz to na chwilę napowietrzyć... albo i nie — dodała, gdy Rose chwyciła kieliszek i wychyliła pół na raz.

— Lej dalej — powiedziała Rose, odstawiając kieliszek. Uśmiechnęła się krzywo na widok zszokowanej miny Carli. — Właśnie się dowiedziałam, że mój jedyny syn to socjopatyczny seryjny morderca, Carlo, najwyraźniej stojący na czele jakiegoś upiornego kultu polowań na ludzi. To z dużym prawdopodobieństwem ostatnia noc mojego życia. Wybacz, że mam ochotę upić się do nieprzytomności.

— Jason po nas wróci — powiedziała twardo Carla. — Będziesz musiała wyjść stąd o własnych siłach.

Rose tylko na nią spojrzała, znów podniosła kieliszek do ust i wzięła kolejny łyk. — Cóż — powiedziała po odstawieniu kieliszka. — Jeśli wróci... jeśli wejdziemy po tych schodach... może przyda ci się to.

Carla zamarła na widok telefonu, który Rose wysunęła z rękawa i położyła na stole. — Skąd, do cholery, to się wzięło? — wydyszała.

— Zwinęłam Philipowi z kieszeni. Arogancki idiota. — Rose pokręciła głową, sięgając po butelkę. — W tej części miasta prawie nie ma zasięgu, a w tej piwniczce nie ma go wcale. Co najwyżej zrobisz połączenie alarmowe... i jeśli myślisz, że dziś na dyspozytorni nie siedzi ktoś McCarthy'ego, to mam do sprzedania most Brookliński.

— Rose! — Carla chwyciła telefon. — Zasięgu może nie być, ale Philip pewnie ma WiFi! *Oby to nie było blokowane twarzą ani odciskiem palca...* włączyła telefon drżącymi palcami. To był starszy model z Androidem; wyglądało na to, że Philip nie był specjalnie technologiczny. Na ekranie pojawiła się siatka kropek. Trzeba było odtworzyć wzór. Uniosła telefon pod światło, przechyliła, mrużąc oczy. Jest. Tłustawy ślad na ekranie... kanciaszne P.

Desperacko się modląc, poprowadziła palec po linii. I, niewiarygodne, telefon się odblokował, pokazując ekran pełen znajomych ikonek. A na górze ikonka WiFi z czterema jasnymi, wygiętymi kreseczkami.

Czasu mogło być niewiele. Gdyby Philip się zorientował, że telefon zniknął, gdyby choć przez moment podejrzewał, że Rose go zwinęła, wróciłby tu w sekundę. Nawet gdyby tylko wyłączył WiFi, byłyby ugotowane. Myślała gorączkowo, jednocześnie otwierając swoją zwykłą aplikację do wideokonferencji, wylogowała Philipowe konto i zalogowała się na swoje.

— Proszę, odbierz, proszę — mamrotała, przewijając kontakty. — Obyś siedział po godzinach, Marcusie. Proszę.

— Ma pani szczęście, że pracuję dziś do późna — powiedział Zastępca Prokuratora Okręgowego Marcus Devereaux. — Suze zabrała dzieci do siostry na wieczór filmowy... — w końcu podniósł wzrok na ekran, najwyraźniej zobaczył niechlujny wygląd Carli i zamrugał. — Co do diabła...

— Mogę nie mieć dużo czasu, więc proszę słuchać — powiedziała szybko Carla. — Marcusie, Rose Hunter i ja jesteśmy zamknięte w piwniczce na wino w domu Philipa Huntera. Z mojego domu porwał mnie szeryf McCarthy, który poraził mnie taserem i przywiózł tutaj... więc to na pewno nie było żadne legalne zatrzymanie w żadnym znaczeniu. Mało tego, oni prowadzą jakiś chory proceder polowań na ludzi i zmusili Jasona Huntera, żeby wyszedł do lasu... urządzili na niego nagonkę. Z psami.

— Jezu Chryste — powiedział Marcus, ale po minie widziała, że wierzy w każde słowo.

— Nie wiemy, ilu ludzi z lokalnego biura szeryfa w tym siedzi, ale Redstone Creek też jest skompromitowane. Dziennikarz Barry Hillsum spotkał się z nami wcześniej; miał notatki o prawie pięćdziesięciu osobach, które zniknęły między tymi dwoma miasteczkami. A przynajmniej miał. Philip powiedział nam, że jego też „zniknęli". Samochód wpadł do potoku w drodze z pracy.

— FBI? — zapytał Marcus.

— Musi, prawda?

— Proszę zostać na linii, Carlo. Już to nagrywam. Zaraz zacznę wykonywać telefony, ale proszę mówić dalej. Utrwalmy jak najwięcej.

Carla wiedziała, czego nie mówił. Na wypadek, gdyby FBI nie zdążyło do niej dotrzeć. Nawet helikopterem to co najmniej czterdzieści minut, i to od chwili, gdy Marcus ich uruchomi.

To mogło być jej zeznanie na wypadek śmierci — i Rose też. Więc zebrała się w sobie i zaczęła mówić, wykładając wszystko, co wiedziała lub podejrzewała. Żeby trafiło do protokołu... na wszelki wypadek, gdyby nie dożyła dnia, kiedy stanie w sądzie i złoży zeznania.

Cały czas zastanawiając się, czy Jason wciąż żyje.

ROZDZIAŁ OSIEMNASTY

— WIĘC TAK TO będzie wyglądało — przeciągnął Mc-Carthy. Stał w środku luźnego półkola mężczyzn. — Ma pan dziesięć minut, żeby spieprzać jak przestraszony, zasrany królik. W międzyczasie dam tym psom pańskie ubrania, żeby miały solidną dawkę pana zapachu.

— Jestem pewien, że Philip mówił o piętnastu minutach — Jason spojrzał mu twardo w oczy.

— Dobrze. Piętnaście. — McCarthy się uśmiechnął złośliwie, a Jason wiedział, że będzie miał szczęście, jeśli dostanie pełne dziesięć. Uniósł rękę i zerknął na zegarek. — Już minęło trzydzieści sekund. Lepiej niech pan biegnie.

Jason nie czekał. Choć nic nie sprawiłoby mu większej satysfakcji niż przyłożyć McCarthy'emu w ryj przed startem, w tym półkolu było siedmiu facetów, w tym jego wujek, wszyscy patrzyli na niego i każdy miał w ręku sztucer myśliwski. Obrócił się na pięcie i popędził na złamanie karku w stronę linii drzew.

Bez butów jego stopy długo nie wytrzymają na takim podłożu.

Na szczęście, nie musiały.

Pobiegł możliwie najprostszą trasą, jaką zdołał obrać, tak szybko, jak tylko potrafił, przez cztery minuty, lawirując między drzewami, które ledwo widział w kiepskim świetle. Do czterominutowej mili było mu daleko, ale dzięki gęstym koronom drzew znajdzie się poza zasięgiem ich noktowizji, zanim ostro skręci w lewo i ruszy na Greens Road, odtwarzając trasę sprzed niecałej godziny, która wydawała się minąć jak dni.

Pędził z powrotem wzdłuż drogi, co chwilę widząc pod nogami grunt w plamach światła padających z domów po drugiej stronie, kiedy usłyszał pierwsze, głębokie ujadanie psów.

Liczył na to, że przewodnicy — McCarthy i ktokolwiek jeszcze pracował z psami bezpośrednio — nie zdejmą im smyczy. To znaczyło, że psy pobiegną tylko tak szybko, jak zdołają ich opiekunowie. Nie tak szybko jak Jason Hunter, najszybszy biegacz w swoim oddziale Rangerów, który ani na jotę nie odpuścił biegania, odkąd przeszedł na półcywilne życie trenera paramilitarnych oddziałów antynarkotykowych w Guàlize — tak obstawiał.

A to znaczyło, że zanim psy dobiegną do miejsca jego ostrego skrętu w lewo, Jason będzie już wbiegał na podjazd do domu wujka, zlany potem i dyszący, z stopami palącymi bólem... ale wiedząc, że ma w zapasie co najmniej pięć minut, i to jeśli ktoś natychmiast zawróci i pójdzie prosto z powrotem.

Miał nadzieję, że nikt nie został, by pilnować Carli i Rose. Słyszał, jak Philip oświadczył, że zamknie je pod kluczem, i kątem oka widział, jak Philip otwiera drzwi pod schodami i wpycha tam obie kobiety.

Jason zatrzymał się na moment przy drzwiach wejściowych, żeby wyjąć pistolet Rose z donicy, po czym popędził z powrotem na tył domu. Drzwi frontowe były zbyt solidne, by wyważyć je kopniakiem, podobnie jak tylne, które widział, a nie miał najmniejszej ochoty hałasować tłuczeniem szyby.

W kilka sekund wspiął się po boku domu na tylny balkon i — nie do wiary — choć drzwi balkonowe były zamknięte, nie były zaryglowane. Kręcąc głową z niedowierzaniem, Jason wsunął się do środka i ruszył po schodach.

Kusiło go, strasznie kusiło, żeby poświęcić minutę na poszukiwanie swojej broni. Albo jakiejkolwiek innej. Zatrzymał się na pięć sekund w kuchni, wyrwał nóż z bloku i przeciął opaski zaciskowe; dotąd radził sobie z rękami skute razem, ale zdecydowanie wolał mieć je wolne. Zatrzymał nóż. Drogi japoński, dobrze wyważony. Może się przydać.

Klucz tkwił w zamku drzwi pod schodami. Otworzył je cicho, nasłuchując. Dom do tej pory był całkiem nieruchomy i cichy, ale teraz usłyszał kobiecy głos, sączący się słabo po schodach w górę.

— Carla? — zawołał cicho.

Zapadła krótka cisza. — Jason?

Brzmiała, jakby nie wierzyła własnym uszom. Uśmiechnął się do siebie. — Możecie tu wejść? Nie chcę utknąć tam na dole z wami, jeśli wrócą.

— Jak do... nie, szkoda czasu. Jestem na linii z FBI. Im to wyjaśnisz.

— Z FBI na linii? — Nie mógł w to uwierzyć. Jak jej się to udało?

Pierwsza weszła po schodach Rose, trzymając się poręczy, bardziej wątła niż kiedykolwiek. Tuż za nią była Carla, z telefonem w dłoni.

— Nadal masz mój pistolet — powiedziała Rose, podchodząc do niego, z bladego uśmiechu zrobiły jej się w kącikach ust drobne zmarszczki.

— To jedyny, o którym nie wiedzieli, że go mam. Schowałem go i podniosłem, kiedy wróciłem. Szybko. Czasu możemy mieć niewiele.

Rose i tak wtuliła się w niego. Jason, mimo niepokoju, uśmiechnął się, rozkładając szeroko ramiona, żeby ani nóż, ani pistolet nie znalazły się blisko niej. — Jestem spocony, ciociu Rose. Biegałem.

— Jesteś najpiękniejszym widokiem, jaki w życiu widziałam. — Uścisk był mocny, mimo jej słabości. — Możemy już stąd wyjść?

— Zły pomysł, obawiam się. Zakładam, że posiłki są w drodze? — powiedział Jason, unosząc brwi do kobiet patrzących na niego z maleńkiego ekraniku w dłoni Carli.

— Śmigłowce startują w tej chwili — odparła kobieta. — Wystawiliśmy HRT. Około czterdziestu minut czekania.

— Mamy maksymalnie pięć minut, raczej mniej, zanim zorientują się, że wróciłem. Nawet jeśli będziemy mieli szczęście i kluczyki będą w którymś z aut na podjeździe, wątpię, żebyśmy ich wszystkich uciekli. Może nie znam ich wszystkich z nazwiska, ale widziałem ich twarze, więc muszą mnie zabić. Mój wujek i McCarthy są skończeni, ale część pozostałych może jeszcze wrócić do roboty pod przykryciem... o ile mnie nie będzie.

— Czyli co, mamy czekać, aż sami do nas przyjdą? — przełknęła ślinę Carla.

— Nie wejdą tu na pałę. McCarthy wie, do czego jestem zdolny. Nikt z nich nie miał dwóch karabinów, co znaczy, że ten, który przyniosłem, jest gdzieś tutaj. Musimy go znaleźć.

— Nie sądzę, żeby wnieśli je na górę — podchwyciła szybko Carla, rozglądając się.

Rozdzielili się i pospiesznie przeszukali dolne pokoje. To Rose znalazła broń, w gabinecie Philipa, leżącą na biurku. — Tutaj! — zawołała, a kiedy dobiegli, siedziała już na krześle przy biurku Philipa, z powtarzalną strzelbą z pompką na kolanach. — Ta będzie dla mnie w sam raz, kochani.

— Miałem zaproponować, żebyśmy zamknęli cię w piwnicy, schowali klucz i powiedzieli agentce Carruthers, gdzie jej ludzie go znajdą — mruknął Jason sucho. Agentka FBI wciąż na wideorozmowie zasłaniała usta dłonią, ewidentnie tłumiąc śmiech, świadoma, że to nieodpowiedni moment, gdy cała trójka jest w poważnym niebezpieczeństwie.

— Pierdolę to — odparła wymownie Rose. — Czy to karafka koniaku? Podaj ją. Jeśli mam dziś zejść, to z fasonem, a najlepiej jeszcze zabrać ze sobą mojego parszywego syna. Słyszy pani to, agentko? — zawołała w stronę telefonu w dłoni Carli. — Jeśli którykolwiek z tych skurwieli zginie dziś w nocy, to moja robota.

— Zanotuję to, pani Hunter — odparła poważnie agentka.

Jason bez słowa podał Carli pistolet. Zawahała się, ale wzięła go z jego dłoni. Palce jej drżały, była wyraźnie przerażona, ale widział też, że jest wściekła jak diabli.

Jego koszula i spodnie zniknęły — pewnie poszły psom, jak mówił McCarthy — ale kamizelka bojowa i buty leżały w nieładzie na podłodze. Wciągając kamizelkę, Jason pokręcił głową, znajdując w kieszeniach zapasowe magazynki. Nóż bojowy też tkwił w jednym z butów.

Carla otwierała szuflady biurka, gdy on naciągał buty i wiązał byle jaki węzeł, nie fatygując się o porządne sznurowanie. Wydała triumfalny dźwięk i uniosła kolejny pistolet, z wyglądu .45. Za duży na jej drobną dłoń, podała go Jasonowi; sprawdził szybko — pełny magazynek i nabój w komorze. Skinął Carli i wsunął broń do kieszeni kamizelki.

W oddali usłyszał ujadanie psa.

— Idą.

Wyłączali światła wewnątrz, przemieszczając się po domu, a Rose podpowiadała Jasonowi, które przełączniki sterują zewnętrznym oświetleniem. Na zewnątrz wszystko było rozświetlone jak choinka, ale w środku — ciemno i cicho. Jason zgasił teraz światło w gabinecie, dał Carli i Rose znak, by skuliły się nisko, poniżej poziomu okien.

— Uważajcie na światło z telefonu — powiedział cicho. — Przełącz kamerę na tylną i przyciśnij ekran do ciała, żeby blask nie był widoczny.

— Proszę im powiedzieć, że FBI jest w drodze, poruczniku Hunter — rzuciła Carruthers. — Część może się cofnąć i spróbować ucieczki. My ich oczywiście złapiemy, ale będzie miał pan o kilku mniej do ogarnięcia.

— Jasne — odparł Jason sucho.

Wszyscy wiedzieli, że ci „myśliwi", kimkolwiek byli, muszą wyeliminować świadków. Brak świadków, brak dowodów, a nawet materiał wideo, jaki teraz miało FBI — o którym Philip i jego poplecznicy nie wiedzieli — mógłby się okazać podatny na podważenie. Zwłaszcza jeśli Philip Hunter miał przyjaciół dostatecznie wysoko.

Kłopotliwie żywych świadków o wiele trudniej „usunąć".

— Psy się zbliżają — wydyszała Carla, zerkając na Jasona. Kazał im skulić się poniżej linii okien. Rose wcisnęła się pod biurko Philipa z karafką koniaku i strzelbą; miała stamtąd czysty widok na drzwi gabinetu i Jason wyraźnie postanowił zostawić jej wolne pole ostrzału. On i Carla kucali pod oknami, na zmianę zerkając ponad parapet.

Na zewnątrz światło lało się strumieniami, więc mieli świetny widok, a wracający łowcy nie mogli użyć przewagi, jaką dawały im gogle noktowizyjne.

Przynajmniej dopóki komuś z nich nie wpadnie do głowy postrzelać do reflektorów, pomyślała ponuro Carla.

— Ruch — powiedział cicho Jason. Gabinet był w narożniku domu i Jason zajął okno wychodzące na podjazd, zakładając, że jeśli przewodnicy pójdą jego tropem aż tutaj, to tędy przyjdą.

— Psy?

— Tak. — Jason miał karabin przy ramieniu i patrzył przez lunetę. — Dwa. Kawały bydlaków; rottweilery chyba, albo dobermany, albo jakaś krzyżówka. Szarpią się w szelkach. Myślę, że jednego trzyma McCarthy, a drugiego Allen. Powstrzymują je, żeby nie weszły w oświetlony teren.

Carla potrafiła sobie wyobrazić, co może chodzić McCarthy'emu po głowie. Nie zostawiali włączonych świateł, gdy wychodzili z domu, co znaczyło, że Jason się dostał do środka, a potem? Wziął auto i odjechał? Musiałby skonsultować się z każdym, kto zostawił samochód przed domem, żeby sprawdzić, czy jakiegoś nie brakuje.

— Zastrzelcie psy — powiedziała Carruthers z telefonu w dłoni Carli, aż wszyscy podskoczyli.

— Słucham? — Jason wyglądał na wstrząśniętego, nawet w ciemności.

— Są szkolone do tropienia ludzi, a bardzo możliwe, że i do ich zabijania. Nie ma absolutnie żadnej opcji, byśmy cokolwiek z tymi psami zrobili poza ich natychmiastowym uśpieniem. Zastrzelcie je teraz. Zanim McCarthy spuści je na was w domu i będziecie mieli problem.

Jason wyraźnie to rozważył, popatrzył przez lunetę, potem na Carlę. Zobaczyła, jak napinają mu się szczęki, a później posłał jej półuśmiech.

Chwilę później karabin huknął, przeraźliwie głośno w tej otwartej przestrzeni. Jason rozsunął okno wykuszowe tylko na tyle, by oddać strzał, więc szkło nie poszło w drzazgi.

— Cholera — powiedział tonem rozmownym. — Spudłowałem. Trafiłem jednego z przewodników, nie psa.

Carla zasłoniła usta dłonią, żeby nie parsknąć śmiechem. Była absolutnie pewna, że Jason trafił dokładnie to, w co celował.

— Wygląda na to, że w nogę. Teraz tłoczy się przy nim kilka osób, odciągają go. Przykro mi, agentko Carruthers, nie mam teraz czystych strzałów do psów.

Gdyby przyznał, że celowo postrzelił jednego z łowców, zanim padły ich strzały, mógłby mieć kłopoty, pomyślała Carla. Ale „przypadkowe" trafienie, skoro sama Carruthers kazała mu strzelać do psów... to było genialne i wyłączyło z gry przynajmniej jednego przeciwnika, a pewnie więcej. Ktoś musiał zająć się rannym, a ktoś inny przejąć psa — być może ktoś, kto nie miał wprawy w jego prowadzeniu.

— Myślisz, że trafiłeś McCarthy'ego? — spytała cicho.

— Nie. Stał za drugim psem — powiedział Jason i Carla zrozumiała. Allen, czy ktokolwiek był drugim przewodnikiem, był jedynym sensownym celem.

— Są w zasięgu słuchu? Powiedz im, że nadchodzimy. Ba, wrzaśnij *FBI; odłóżcie broń*! — rzuciła Carruthers.

— FBI! — ryknął posłusznie Jason przez uchylone okno. — Odłóżcie broń i wyjdźcie w światło z rękami nad głową!

Warto spróbować, pomyślała Carla.

— Spierdalajcie! — rozległ się ryk z zewnątrz. McCarthy, i brzmiał wściekle. — Nie ma tu żadnego FBI!

— Jeszcze nie, ale są w drodze! — odkrzyknął Jason. — HRT, więc wiesz, że przyjadą uzbrojeni po zęby. Nie Rangerzy, ale i tak chętnie ich zobaczę!

Zapadła cisza na parę minut. A potem Carla coś usłyszała. Skrzypnięcie.

— Jason — syknęła. — Chyba ktoś otworzył drzwi.

Skinął głową, unosząc zaciśniętą pięść — sygnał, który znała z tylu filmów: *cisza i bez ruchu*. Wskazał na swoje okno i przywołał ją gestem. Przeczołgała się najciszej, jak mogła.

— Sprawdzę — wyszeptał Jason prosto do jej ucha, gdy była obok. Postawił gogle noktowizyjne przy jej stopie. — Jeśli zgasną światła, użyj ich. — Jego policzek musnął lekko jej policzek, usta musnęły przelotnie jej czoło, a potem zniknął, zatrzymując się jeszcze przy biurku.

— Zawołam, zanim wrócę, ciociu Rose. Każdego innego, kto wejdzie przez te drzwi, zanim przyjedzie FBI, wyślij do diabła.

— Załatwione — przyrzekła Rose, ściskając strzelbę z furią.

Znowu skrzypnęło, bliżej. Ktoś był w korytarzu.

Carla wstrzymała oddech.

Jason opuścił karabin. Zarzucił go na plecy na pasie i wyciągnął z kieszeni .45, którą Carla znalazła w biurku. Z palcem opartym na kabłąku spustu sięgnął po klamkę i tak płynnym, szybkim ruchem, że Carla ledwo nadążała wzrokiem, szarpnął drzwi, przetoczył się przez nie i zniknął.

Rozległ się głęboki *huk* karabinu. Płaski *trzask* .45, raz, drugi. Podniecony szczek psa; Jason warknął: — O, kurwa — a potem rozległ się łomot i brzdęk, kolejne strzały, zduszony krzyk bólu i wreszcie ta okropna, napięta, dzwoniąca w uszach cisza.

— Jason? — głos ciotki Rose zadrżał. — Jason, jesteś tam?

ROZDZIAŁ DZIEWIĘTNASTY

ZOSTAWIENIE CARLI I ROSE samych było ostatnią rzeczą, jakiej Jason chciał, ale siedzenie w miejscu i czekanie, aż myśliwi wywalą drzwi i zasypią pokój gradem kul, też nie wchodziło w grę. Musiał wyjść i uciąć wężowi łeb. I zrobić to szybko, licząc, że nikt inny nie wlezie przez okna, zanim wróci.

Przetaczając się do korytarza, trzymał się nisko, z pełnym zamiarem odstrzelenia kolan każdemu, kogo spotka. Zabijanie narobiłoby mu więcej kłopotów z FBI, niż chciał, zwłaszcza biorąc pod uwagę wpływowych przyjaciół i krewniaków, jakich niektórzy z nich niewątpliwie mieli, ale nie miał żadnych skrupułów, by poranić ich na tyle, żeby wyeliminować ich z walki.

Kula uderzyła w ścianę tuż nad jego ramieniem. Za blisko, pomyślał Jason, widząc cień w drzwiach na końcu korytarza; wycelował z .45 i oddał pojedynczy strzał.

Rozległ się wrzask bólu i cień zatoczył się do tyłu. Ktoś inny zaklął, zaszczekał pies i ktoś krzyknął — Puść!

Chrobot pazurów o twarde drewno był jedynym ostrzeżeniem, jakie miał, zanim pies był już na nim, cały w warkotach, gorącym oddechu i kłapiących zębach. Jason wytrzymał uderzenie, przetoczył się, wymykając się spod zaciskających się, wściekłych szczęk, wcisnął lufę .45 w jego brzuch i pociągnął za spust.

— O, kurwa! — powiedział z obrzydzeniem, gdy krew ochlapała mu ręce, a pies odskoczył z jękiem agonii. Nie chciał go zabijać, liczył, że uda się tego uniknąć, ale wiedział, że agentka Carruthers miała rację; psy szkolone do polowania na ludzi i zabijania są zbyt niebezpieczne, by nawet najzagorzalsi miłośnicy zwierząt próbowali je ocalić.

— Jupiter! — to był głos McCarthy'ego. — Jupiter, do mnie!

Jason nie fatygował się, żeby informować McCarthy'ego, że pies już nie przyjdzie. Po prostu bezgłośnie podniósł się na nogi i ruszył, jeden powolny, cichy krok za drugim.

— Jupiter! — McCarthy krzyknął znów. — Chodź tu, ty jebane, tępe bydlę!

Jeszcze jeden krok i w świetle sączącym się z jednej z zewnętrznych lamp Jason dostrzegł zastępcę Allena, wijącego się na podłodze i ściskającego nogę. Postrzelony w udo. Po ilości krwi Jason ocenił, że nie trafił w tętnicę; Allen przeżyje, o ile dostanie pomoc. Miał już przyciśnięty do rany kawałek materiału i zaciśnięty na nim pasek, więc Jason bez skrupułów walnął go mocno w głowę kolbą pistoletu, kiedy Allen próbował krzyknąć ostrzeżenie.

Pies zapiszczał, blisko. Tuż za rogiem przed nim, pomyślał Jason.

— Minerva — powiedział McCarthy cicho — *szukaj.*

Zatrzask smyczy. Zgrzyt pazurów. Pies wypadł zza rogu, dopiero rozpędzając się, a Jason załatwił to szybko: podwójny strzał prosto w rozdziawioną paszczę, po czym przeszedł za róg i stanął twarzą w twarz z szeryfem.

McCarthy był zaskoczony, złapany na wykroku nagłym pojawieniem się Jasona tak blisko. Wciąż trzymał smycz w prawej dłoni, broń boczna tkwiła w kaburze przy pasie, a karabin półautomatyczny zwisał mu na pasie, zawieszony na sling'u, ale ręka była daleko od spustu. Pojawienie się Jasona w jego noktowizji tuż przed nim, z pistoletem wymierzonym w twarz, musiało być szokiem, ale zareagował szybko: skoczył naprzód, chwycił Jasona za dłoń i odepchnął ją w bok, żeby odwrócić lufę.

Jasonowi to pasowało. Nie chciał zabijać McCarthy'ego. Sam naparł bliżej i kopnął go mocno w kolano.

Szeryf ugiął się z wrzaskiem bólu, wypuszczając dłoń Jasona, żeby odruchowo chwycić się za kolano, a Jason dołożył łokciem, roztrzaskując mu nos.

McCarthy wił się z bólu, ale wciąż miał dość przytomności, by próbować sięgnąć po broń.

— Niech Pan nie robi z siebie kutasa. — Jason rozbroił go z łatwą biegłością, sprawdził półautomat i zgarnął go dla siebie. Nie ufając McCarthy'emu, że nie zrobi nic głupiego, wybił mu oba kciuki kilkoma potężnymi szarpnięciami. — Teraz. — Wymierzył mu karabin między oczy. — Wolałbym zostawić Pana przy życiu dla FBI, ale oni już wiedzą, że jest Pan seryjnym mordercą, więc nie sądzę, żeby zbytnio płakali, jeśli będę musiał Pana zabić. Kto jeszcze wszedł do domu poza Panem, Allenem i psami?

Usta McCarthy'ego zacisnęły się uparcie.

Jason westchnął i nadepnął na jego wybity lewy kciuk.

Krzyk McCarthy'ego odbił się echem od ścian.

— Kto. Jeszcze. Jest. W...

— Twój wuj! — McCarthy dyszał z bólu. — Reszta dała drapaka, pieprzeni tchórze. Wsiedli w auta i zwiali do domów. Zostawili nas, żebyśmy posprzątali.

— Tego się nie da posprzątać. — Jason słyszał, jak ciocia Rose woła go po imieniu. — Trzymaj się, zaraz będę — zawołał uspokajająco.

Carla osunęła się z ulgą, słysząc, jak Jason odkrzykuje do nich spokojnym, pewnym głosem. Odruchem obejrzała się na drzwi, po czym znów skierowała wzrok na okno, skanując to, co na zewnątrz.

Wszystkie światła zgasły naraz i Carla drgnęła, łapiąc za gogle noktowizyjne z podłogi. Wsadziła telefon do kieszeni koszuli, żeby drugą ręką trzymać pistolet, przyłożyła gogle do oczu i zajrzała w teraz zielonkawą ciemność.

— Carla? — głos Rose zadrżał.

— Odcięli prąd — rzuciła krótko Carla. — Skrzynka z bezpiecznikami pewnie w garażu. Pilnuj tych drzwi, Rose. Usłyszysz kroki, jeśli ktoś się do nich zbliży; podłoga jest drewniana, a Jason nie podejdzie bez uprzedzenia.

— Widzisz coś na zewnątrz?

— Nie. — Wszyscy mieli noktowizję, pomyślała Carla; teraz mieli przewagę. A Jason nie. — Jason! — syknęła głośno. — Gogle!

Cisza. Potem, szokująco blisko, kliknięcie. Carla odskoczyła gwałtownie, zaskoczona, ale drzwi, drzwi ukryte dotąd za regałem, otwierały się prawie tuż nad miejscem, gdzie przykucnęła, a silna ręka chwyciła ją za dłoń z bronią, zanim zdążyła ją podnieść.

Krzyknęła odruchowo, a zaraz potem z bólu, gdy broń została jej wykręcona i palec wskazujący złamał się w kabłąku spustu. Gogle zadźwięczały na podłodze, a dłoń zacisnęła się na jej gardle, szarpiąc ją na nogi i do tyłu, na twarde męskie ciało.

— Krzyknij jeszcze raz, suczko — warknął chrapliwie Philip Hunter do jej ucha. — Daj mojemu siostrzeńcowi znać, że go potrzebujesz.

— Puść ją! — Rose wysunęła się spod biurka, powoli stając na nogi, wymachując strzelbą.

— Rose, nie! — wysapała Carla. — Nie strzelaj! — Z takiej odległości strzelba mogła tylko zrobić z nich sito, a Carla była z przodu.

— Odłóż to, mamo — syknął pogardliwie Philip.

— Ani mi się śni! — Palec Rose był poza kabłąkiem spustu, ale lufa odsuwała się, znów celując w drzwi. — Jeśli którykolwiek z twoich kumpli wejdzie przez te drzwi, Philip, rozwalę go w drobny mak.

— Najwyraźniej odbiło ci, mamusiu — Philip brzmiał całkiem spokojnie. — Wielka szkoda. Znajdą cię w lesie, zamarzniętą, niby że się gdzieś zawieruszyłaś.

— Co, kurwa? — powiedziała Carla, oszołomiona.

— Jason oszalał ze zmartwienia. Wparował tutaj, włamał się, oskarżył mnie o straszne rzeczy. Siedziałem spokojnie, grałem w karty ze znajomymi. Panna Ramirez, świetna pokerzystka... ale zginęła w krzyżowym ogniu, kiedy próbowaliśmy się bronić.

— Całkiem ładną bajeczkę tu szyjesz — powiedziała cierpko Carla — i może by nawet przeszła, gdyby twoim kumplem, który to wszystko prowadzi, był szeryf Mc-

Carthy. Tylko że właśnie teraz masz połączenie na żywo z agentką Carruthers z FBI, więc to raczej nie przejdzie.

Philip zesztywniał. Carla poczuła chłodną stal przy skroni, gdy wcisnął pistolet Rose mocniej w jej twarz. — Kłamiesz. McCarthy cię przeszukał; nie miałaś przy sobie telefonu, kiedy cię zgarnął!

— To twój telefon, palancie. Rose ukradła ci go wcześniej z kieszeni, a ty zostawiłeś włączone Wi-Fi. Rozmawiałyśmy z FBI od dwóch minut po tym, jak zamknąłeś drzwi do piwnicy. Zespół ratunkowy do sytuacji z zakładnikami będzie tu za kilka minut. Telefon leży na parapecie; podnieś go, jeśli mi nie wierzysz.

Poczuła, jak odwraca się od niej półprofilem. Coś twardego na jego nodze musnęło jej mały palec i wysilała pamięć, próbując skojarzyć, co to może być. Jak wyglądał, kiedy wcześniej do nich mówił. Coś miał przypięte do uda. Nóż myśliwski? Delikatnie cofnęła palce o cal, ignorując przeszywający ból złamanego palca wskazującego.

Na zewnątrz gabinetu dobiegały trzaski i łomoty, przerywane czasem wystrzałem, ale Carla potrafiła myśleć tylko o tym, co działo się tu i teraz.

— Podnieś telefon, Philip — podpuściła go. — Przywitaj się z agentką Carruthers.

— Cieszę się na rozmowę z panem osobiście, panie Hunter — rozległ się suchy głos Carruthers z telefonu, nieco metaliczny i stłumiony, bo aparat leżał ekranem do dołu na parapecie. — To już niedługo. Radziłabym, by puścił pan panią Ramirez, odłożył broń i wyszedł na zewnątrz. Leżenie twarzą do ziemi z rękami nad głową będzie zdecydowanie najlepszą pozycją, jeśli chce pan poddać się pokojowo.

— Jebana suka! — wrzasnął Philip i lufa zniknęła z jej skroni, po czym ogłuszający huk sprawił, że zamrugała i na chwilę ogłuchła.

Strzelił w telefon.

Jego też musiało ogłuszyć: Carla szarpnęła się, jakby próbowała uciec, lewą dłonią drapiąc go po ręce na swoim gardle, podczas gdy prawa szarpała napy paska od pochwy z nożem myśliwskim na jego udzie, niezdarnie, bo palec wskazujący nie działał.

— Puść ją, Philip.

To był głos Jasona, tuż za drzwiami gabinetu. — Wchodzę, ciociu Rose. O innych się nie martw. Zająłem się nimi.

— Tak — warknął Philip, szarpiąc Carlą jak pies szczurem. — Właź tu.

Był podniecony, uświadomiła sobie Carla z nagłym obrzydzeniem; czuła jego wzwód w spodniach, wbijający jej się w dolne plecy. Z Philippem Hunterem było coś bardzo, bardzo nie tak.

Światła było jak na lekarstwo. Tylko cień przesunął się lekko w progu, żadnego dźwięku. Lufa znów odsunęła się od głowy Carli i z nagłą, absolutną pewnością wiedziała, że Philip Hunter zamierza zastrzelić Jasona. Philip wiedział, że jest skończony, i jedyne, czego jeszcze chciał, to upewnić się, że Jason zginie pierwszy.

Pasek puścił i Carla wyszarpnęła nóż myśliwski z pochwy na udzie Philipa, zacisnęła na nim palce, ignorując przeszywający krzyk bólu ze złamanego palca, i wbiła go wstecz, najmocniej jak potrafiła, w mięsień jego uda.

Philip wrzasnął, broń wypaliła, ale wydawało jej się, że strzał poszedł w sufit. Puścił jej gardło, a ona wyrwała się od niego, wypuszczając nóż, z dłonią śliską od krwi, i runęła na podłogę. Głową uderzyła o cokół ciężkiego, drewnianego biurka.

Jak przez watę, jakby z wielkiej odległości, usłyszała krzyk Rose, usłyszała, jak Jason woła jej imię.

A potem zapadła ciemność.

Przez chwilę, która ścisnęła mu żołądek, Jason pomyślał, że Philip trafił Carlę tym dzikim strzałem. Ale nie mógł: Jason poczuł kulę świszczącą tuż nad jego głową. Carla jednak leżała, a Philip też, cofając się i wyjąc obelgi, trzymając się za nogę.

Jason skoczył przez pokój, w dwóch krótkich susach pokonując dzielący ich dystans, gdy Philip próbował podnieść pistolet drżącymi dłońmi. Jedno kopnięcie i broń potoczyła się daleko.

W goglach noktowizyjnych zabranych McCarthy'emu Jason widział nóż sterczący z uda Philipa. Krew pulsowała szybko z rany, gdy jego wuj osuwał się bezwładnie.

Carla trafiła w tętnicę udową. Nawet gdyby próbował, wątpił, że zdoła zatrzymać krwotok, albo choćby go spowolnić na tyle, by Philip miał cień szansy na przeżycie do czasu przyjazdu ratowników.

Szczerze mówiąc, nie obchodziło go to. Z przyjemnością patrzyłby, jak Philip się wykrwawia.

Rose klęczała przy Carli, gorączkowo obmacując ją w ciemności i wołając po imieniu. Jason odwrócił się, by przykucnąć obok, zaklął, widząc, jak nienaturalnie leży.

— Myślę, że uderzyła głową o biurko. Nie ruszaj jej, ciociu Rose! — Obmacał jej głowę, szyję. Puls bił mocno, oddech był równy. — Żyje, ale mogła uszkodzić szyję. Poczekamy na pomoc.

— Jason — głos Rose był cienki i drżący. — Ja... tak mi przykro. Nie wiedziałam... nie wiedziałam, że on...

— Skąd mogłaś wiedzieć? — powiedział łagodnie, obejmując ją ramieniem. — Już po wszystkim. Obiecuję. To już koniec.

Trwali tak, kucając na podłodze gabinetu nad nieprzytomnym ciałem Carli, Rose szlochała w ramię Jasona, podczas gdy krew Philipa zbierała się kałużą wokół jego powoli stygnącego ciała, aż dźwięk łopat śmigła nad ich głowami oznajmił przybycie FBI.

ROZDZIAŁ DWUDZIESTY

RÓWNOMIERNE PIKNIĘCIA POWOLI WYCIĄGNĘŁY Carlę ze snu. Jasne światło nad głową sprawiło, że zmrużyła oczy, gdy je uchyliła, i natychmiast zaraz znów je zamknęła z niezadowolonym syknięciem.

— Carla? — odezwał się cicho jakiś głos. Było w nim coś znajomego, ale nie potrafiła od razu skojarzyć, do kogo należy.

— Światło — warknęła. — Kto tam?

— To Marcus, Marcus Devereaux. Momencik.

Usłyszała, jak wstaje z krzesła przy łóżku, przechodzi przez pokój. Kliknięcie włącznika.

— Spróbuj teraz.

Uchyliła powieki dosłownie na włos, z ulgą stwierdzając, że oślepiający blask zniknął. Odwróciła głowę, żeby spojrzeć na Marcusa, i musiała przełknąć krzyk, gdy przeszył ją ostry ból.

— Nie ruszaj się! — rzucił się z powrotem do łóżka, pochylając się nad nią. — Masz linijne pęknięcie kości czaszki i guz na głowie wielkości piłki tenisowej.

Gardło miała suche. — Jason — wychrypiała. — Rose?

Twarz Marcusa stężała, i przez okropną chwilę Carla była pewna, że zaraz powie, iż Jason nie przeżył. Że Philip Hunter dopiął swego na koniec i zabił znienawidzonego bratanka.

— Z Rose nie jest dobrze. Jason jest przy niej. Jesteś w szpitalu, Carlo... w Seattle. FBI chciało was wywieźć z naszego stanu, zanim zgarną wszystkich z siatki łowców. Was obie — ciebie i Rose — przetransportowali tu śmigłowcem.

— Jak długo? — Głowa Carli zaczynała pulsować. Do środka weszła pielęgniarka; Carla zorientowała się, że Marcus musiał nacisnąć przycisk przywołania, kiedy się obudziła.

— Jesteś tu od czterech dni. Trzymali cię w uśpieniu z powodu obrzęku mózgu. Carlo — Marcus pochylił się, nawet gdy pielęgniarka zaświeciła latarką w źrenice Carli. — Udało ci się. Philip Hunter nie żyje, a FBI zgarnęło całą resztę. Znaleźli dół z kośćmi na tyłach domu Philipa...

— Pan Devereaux, musi pan wyjść — oznajmiła pielęgniarka energicznie. Do środka wpadł też lekarz. Carla słyszała, że piknięcia przyspieszają; musiały mierzyć jej puls, zarejestrowała mgliście. Chciała zapytać o dół z kośćmi. Chciała zapytać o mamę, ale Marcus pozwolił się wyprowadzić, a pielęgniarka majstrowała przy stojaku z kroplówkami, chłód wypełnił jej żyły.

Jej powieki opadły.

Obudziła się po nieokreślonym czasie, ból głowy był nieco mniej rozdzierający, gdy ostrożnie nią poruszyła. Była noc, jak jej się zdawało; pokój pogrążony w półmroku. Agentka Carruthers siedziała przy łóżku, czytając raport.

— Agentko — wychrypiała Carla.

— Mam na imię Sarah — w kącikach oczu Carruthers pojawiły się zmarszczki, gdy podniosła kubek z szafki i podsunęła Carli słomkę do ust. — Myślę, że zasłużyłaś, żeby tak do mnie mówić, Carlo. Jak tam głowa?

— Boli.

— Zrozumiałe. Nie będę cię teraz o nic wypytywać — Jason Hunter i Barry Hillsum opowiedzieli nam wszystko, co wiedzą — ale kiedy będziesz gotowa, na pewno będziemy chcieli usłyszeć wszystko, co jeszcze możesz nam powiedzieć.

— Barry? — oczy Carli się rozszerzyły.

— Ach tak, twój znajomy dziennikarz okazał się twardszy do zabicia, niż Philip Hunter i jego kumple sądzili. Rozumiem, że w waszych szkolnych czasach był niezłym pływakiem, prawda? Kiedy ciężarówka do wywozu drewna zepchnęła go z mostu do rzeki, zdołał wydostać się z samochodu i dopłynąć do brzegu — Carruthers uśmiechnęła się, wyraźnie rozbawiona. — Od kiedy ty i Jason jesteście niedostępni, on jest wszędzie w telewizji, twarzą całej sprawy. Sprzedał kilka artykułów do *New York Times*, o ile wiem.

Carla nie mogła w to uwierzyć. Barry też przeżył. Zamknęła oczy z ulgą, czując, jak spod powiek wydobywa się łza. Zbyt wielu nie miało tyle szczęścia.

— Te kości — wyszeptała, nie potrafiąc spojrzeć na Carruthers. — Mama?

— Jeszcze nie wiemy. Jason powiedział nam, żebyśmy jej szukali, i pobraliśmy próbkę twojego DNA do porównania, ale tych kości jest bardzo dużo, Carlo. Pracuje nad tym cały zespół medyków sądowych, ale znaleźliśmy osiemdziesiąt dwie czaszki. To dużo.

Osiemdziesiąt dwie czaszki to co najmniej tylu ofiar, pomyślała Carla. *Dobry Boże.*

— Dzięki Barry'emu Hillsumowi mamy sporo nazwisk i pracujemy nad pozyskaniem DNA krewnych, żeby zidentyfikować ofiary, ale to potrwa. Obiecuję, że damy ci znać od razu, jeśli znajdziemy twoją mamę.

Osiemdziesiąt dwie. Łzy coraz szybciej spływały po policzkach Carli. Przełknęła szloch.

— Spokojnie — Agentka Carruthers ujęła jej dłoń, pewnym, kojącym uściskiem. — To potworne, Carlo, ale to się skończyło. Ty to zatrzymałaś. Wiele rodzin wreszcie będzie mogło domknąć żałobę i wiele osób będzie ci bardzo wdzięcznych za to, że zabiłaś Philipa Huntera.

Oczy Carli rozszerzyły się. — Ja?

— Och — Carruthers przygryzła wargę, najwyraźniej złoszcząc się na siebie, że jej się wymsknęło. — Wykrwawił się po tym, jak go dźgnęłaś. Ale nawet przez sekundę nie waż się mieć z tego powodu wyrzutów sumienia; jeśli ktoś zasłużył na śmierć, to Philip Hunter! To on to zaczął; szeryfa McCarthy'ego zwerbował później. Jedna z ustalonych przez nas ofiar zniknęła dwa lata przed przybyciem McCarthy'ego do Woodvale. Philip zaczął zabijać, gdy byłaś jeszcze w liceum. Tę jego okropną bandę psychopatów nazywają Łowcami Ludzi. Powstrzymałaś jednego z najgorszych seryjnych morderców w historii Ameryki, Carlo, kogoś, o czyim istnieniu FBI nie miało najmniejszego pojęcia. Jesteś bohaterką.

Znów ogarnęła ją ociężałość. Zdołała tylko wymamrotać: — Bycie bohaterką chyba ma poważne skutki uboczne — nim sen porwał ją ponownie.

Następnym razem obudziła się z głową jakby lżejszą. Był dzień, w pokoju jasno, ale światło już nie raziło jej oczu, a gdy poruszyła ostrożnie głową, ból był ledwie ukłuciem. Ostrożnie odwróciła się w stronę krzesła przy łóżku.

Jason rozciągnięty był na nim, nogi wyciągnięte i skrzyżowane w kostkach, głowa oparta o ścianę. Usta miał lekko rozchylone, a powolny, miarowy oddech mówił, że śpi.

Carla leżała i po prostu na niego patrzyła przez dłuższą chwilę. Pod brodą odznaczał się gęsty zarost, pod oczami miał ciemne kręgi, a ubranie jakby nie było jego — jakby ktoś kupił je na oko, nie znając rozmiaru. Dresowe spodnie były za długie, T-shirt zbyt ciasny w ramionach, krótkie rękawy opinały mu potężne bicepsy. Wyglądał na skrajnie wyczerpanego, trochę zaniedbanego — i był najpiękniejszym mężczyzną, jakiego Carla kiedykolwiek widziała.

Był tam wciąż, gdy następnym razem się obudziła, zwabiona zapachem bekonu.

— To kanapka z bekonem i jajkiem? — wymamrotała, mrużąc oczy na widok napół zjedzonej bułki w dłoni Jasona.

— Carla! — o mało co jej nie upuścił ze zaskoczenia, po czym zerwał się na równe nogi i pochylił nad nią. — Obudziłaś się!

Wyciągnęła rękę — z satysfakcją odnotowując, że nie drży — i dotknęła jego policzka. — Dlaczego tu jesteś?

Zmarszczył brwi, wyraźnie zdezorientowany.

— Rose?

Jason zamknął oczy, powoli pokręcił głową — i Carla już wiedziała.

— Och, Jason. Tak mi przykro.

— Kiedy wezwała mnie do domu, wiedziała, że zostało jej niewiele czasu — powiedział cicho. — Była gotowa. Ja nie.

— Strasznie mi przykro — powtórzyła Carla, wiedząc, że to zdecydowanie za mało, gdy łzy napłynęły jej do oczu, odzwierciedlając te, które wolno spływały po twarzy Jasona. — Była niewiarygodnie dzielna. W obliczu odkrycia, że jej własny syn jest potworem, Rose ani na moment się nie cofnęła. Wykradła telefon z kieszeni Philipa, dzięki czemu Carla mogła skontaktować się z Marcusem i wezwać FBI. Siedziała na podłodze gabinetu ze strzelbą na kolanach, w pełni gotowa jej użyć. Jej odwaga usztywniła kręgosłup Carli, dodała jej determinacji, której potrzebowała, by się odgryźć i dźgnąć Philipa.

— Prosiła mnie, żebym ci podziękował — Jason wziął głęboki wdech, przetarł twarz dłonią. — Za to, że załatwiłaś problem z Philipem i oszczędziłaś nam masę kłopotów — jak to ujęła.

Carla nie była w stanie sobie nawet wyobrazić, co czuła Rose, mówiąc te słowa. Jak strasznie jest być wdzięcznym komuś za zabicie własnego dziecka. W pewnym sensie Carla była wdzięczna, że Rose nie dożyła tego, co nastąpi — rodziny seryjnych morderców rzadko wychodzą cało z medialnej nawałnicy. Z pewnością znajdą się hieny chętne rozgrzebać przeszłość Philipa i analizować, co zrobiło z niego pozbawionego skrupułów zabójcę, a niektórzy wskażą palcem właśnie na Rose.

Jason płakał bez wstydu, a Carla instynktownie sięgnęła do jego twarzy. Zanurzył głowę w pościeli przy jej boku, a ona głaskała go czule po włosach i karku, kiedy zasnął, podczas gdy do głowy zakradała jej się mała, egoistyczna myśl.

Teraz wyjedzie.

Dla Jasona nie zostało w Woodvale nic poza koszmarnymi wspomnieniami i piętnem bycia najbliższym żyjącym krewnym Philipa Huntera. Na pewno wyjedzie do Guàlize tak szybko, jak to możliwe, pewnie zaraz po załatwieniu kwestii pogrzebu Rose, zdesperowany, by na dobre strząsnąć kurz Woodvale z butów.

A Carla już nigdy go nie zobaczy.

Choć znała go zaledwie kilka dni, na samą myśl serce ścisnęła jej żałość. Jason Hunter był czarujący, seksowny... i prawdopodobnie najodważniejszy mężczyzna, jakiego kiedykolwiek spotkała. Bardzo, bardzo łatwo byłoby się w nim zakochać, ale ona nie dostanie tej szansy.

W tym momencie do pokoju wpadła pielęgniarka, uśmiechając się na widok przytomnej Carli. Jason cofnął się, ocierając łzy. — Proszę już wyjść, panie Hunter — powiedziała pogodnie pielęgniarka — potrzebujemy na kilka minut odrobiny prywatności.

Okazało się, że po kilku dniach nieprzytomności w szpitalnym łóżku czekają człowieka rzeczy zdecydowanie mało seksowne i Carla wcale nie żałowała, że Jason został wyproszony. Kiedy pielęgniarka skończyła, wszedł lekarz, żeby ją zbadać — obejrzał guz na głowie, poświecił jej w oczy i nie tylko — a gdy wyszedł, przyszła Agentka Carruthers.

Po wyrazie jej twarzy Carla wiedziała, po co przyszła. — Mama? — zapytała, z trudem przełykając łzy.

— Bardzo mi przykro, Carlo, ale tak. Mamy wyniki DNA dotyczące kilku kości: zgodność z twoim DNA na poziomie krewnej pierwszego stopnia.

Próbowała sobie powtarzać, że już wiedziała, ale to nie pomagało. Nie wtedy, gdy myślała o tym, jakie musiały być ostatnie godziny jej matki. Z gardła wydarło się pełne bólu wycie, jak u rannego zwierzęcia, a potem Jason już przy niej był, przyciągnął ją do siebie i Carla szlochała w jego pierś, aż wyczerpanie — albo może środki przeciwbólowe pompowane przez kroplówkę — znów ją uśpiły.

Jason poczekał, aż Carla zupełnie zwiotczeje, po czym ułożył ją z powrotem na poduszkach, naciągnął prześcieradło na jej pierś i z jękiem opadł na krzesło. Dopiero wtedy zauważył, że agentka FBI nie wyszła; Carruthers stała oparta o ścianę po drugiej stronie prywatnej sali.

— Słyszałam, że pana ciotka została już skremowana — powiedziała Carruthers.

— Tego chciała — odparł Jason ponuro. — Bardzo jasno określiła swoje życzenia. Powiedziała, że chce zostać przy mnie, nie być rozrzuconą i zapomnianą i na pewno nie pochowaną w Woodvale. Szpital ma odpowiednie zaplecze; lokalny dom pogrzebowy dostarczył mi ładną urnę. Stała w jego pokoju hotelowym — w pokoju, który FBI mu załatwiło, ale w którym spędził ledwie kilka minut. Każdą godzinę poświęcał Rose, dopóki nie odeszła, albo czuwał przy łóżku Carli, czekając, aż się obudzi.

Carruthers skinęła głową. — Obawiam się, że upłynie trochę czasu, zanim będziemy mogli wydać szczątki pani Ramirez. Musimy przebadać każdą kość, ustalić, która należy do której ofiary.

Jason zadrżał na samą myśl. Przy tylu kościach FBI musiało ustalić priorytety; wyjęli po zębie z każdej z osiemdziesięciu dwóch czaszek znalezionych w dole z kośćmi i najpierw przebadali DNA. Teraz zaczynała się benedyktyńska robota — testować i identyfikować, do której ofiary należy każda pojedyncza kość — zanim szczątki będzie można zwrócić pogrążonym w żałobie rodzinom. Nie wątpił, że dziś i w kolejnych dniach dziesiątki innych osób dostaną taką samą wiadomość jak Carla. Niektórzy, jak mówił Barry, mogli nawet nie wiedzieć, że ich bliscy w ogóle zniknęli.

— Muszę panu coś powiedzieć — zaczęła nagle Carruthers. — I nie jestem pewna, jak pan to przyjmie.

— Nie należę do ludzi, którzy tłuką rzeczy, kiedy życie nie idzie po ich myśli — odparł Jason z przekąsem. — Proszę mówić.

— Znaleźliśmy testament Philipa Huntera podczas przeszukania jego posiadłości. Wygląda na to, że miał jeszcze odrobinę sumienia w stosunku do matki. Jeśli umarłby przed nią — czego, biorąc pod uwagę jej diagnozę, najwyraźniej się nie spodziewał — dziedziczyła cały jego majątek.

Jason zamrugał. — Słucham?

Carruthers krótko skinęła głową. — I rozumiem, że to pan jest głównym beneficjentem spadku po swojej ciotce. Ona sama sądziła oczywiście, że to tylko jej dom i rzeczy osobiste. Ale nie — odziedziczy pan całe Hunter Industries, firmę drzewną, nieruchomości i każdy inny kawałek tortu, w który Philip Hunter wsadził palce.

Nie wiedział, co powiedzieć. Nie wiedział, co myśleć. Czuł tylko instynktowny wstręt. Nie chciał niczego, co należało do Philipa, choć cichy głosik z tyłu głowy — brzmiący podejrzanie jak Rose — trzeźwo przypominał, że przecież połowa i tak powinna była być jego od początku, prawowite dziedzictwo, którego jego ojca pozbawiono.

— Odszkodowania — wyrwało mu się. — Dla rodzin ofiar. To one powinny dostać te pieniądze.

Carruthers uśmiechnęła się i uśmiech ten dotarł do jej oczu, marszcząc je w kącikach. — Wiedziałam, że z pana porządny człowiek. Myślę, że ma pan rację. Na pewno da się to wszystko umieścić w jakimś funduszu powierniczym czy czymś podobnym. Dobry prawnik pomoże panu to zorganizować — rzuciła znaczące spojrzenie w stronę Carli.

— Jej też należałaby się część. Jej matka — doprecyzował Jason.

— Oczywiście, nie pomyślałam o tym. Mimo to z pewnością mogłaby doradzić panu, jak najlepiej to rozegrać. Albo ten jej znajomy prokurator mógłby kogoś polecić. Devereaux — skinęła krótko głową i odepchnęła się od ściany, rozplatając ramiona. — Cokolwiek pan postanowi, to była przyjemność.

— Wyjeżdża pani? — zapytał Jason, ściskając podaną dłoń.

— Wezwali mnie z powrotem do Waszyngtonu, niestety. W sprawie takiej jak ta czeka niewyobrażalna góra papierów. Na jakiś czas zakopię się w czeluściach budynku Hoovera. — Nie wyglądała na niezadowoloną, a Jason podejrzewał, że za prowadzenie tej sprawy może ją czekać awans. To do niej zadzwonił Marcus Devereaux, gdy Carla skontaktowała się z nim z piwnicy z winem Philipa; to ona wysłuchała ich i potraktowała poważnie, wciskając przycisk alarmowy, by uruchomić jednostkę ratowania zakładników.

— Dziękuję za wszystko.

— Powodzenia — rzuciła na pożegnanie Carruthers, po czym skinęła głową i cicho wysunęła się z pokoju, zostawiając Jasona samego przy miarowym oddechu Carli.

Nie był jednak sam długo. Przyszedł Marcus Devereaux, skinął mu głową i zajął miejsce obok.

— Jak się dziś czuje Carla?

— Całkiem dobrze. Przed chwilą była przytomna i trochę rozmawiała. Carruthers przekazała wiadomość, że zidentyfikowali szczątki jej mamy.

Marcus skrzywił się. — Auć.

— Była bardzo rozbita. Pielęgniarka mówiła mi jednak wcześniej, że obrzęk na głowie prawie zszedł, a wczorajszy rezonans nie wykazał żadnego obrzęku wewnętrznego. Za parę dni będzie mogła wrócić do domu, choć przez jakiś czas musi się oszczędzać.

— Znasz w ogóle Carlę? — parsknął Marcus lekko. — Nie sądzę, żeby „oszczędzanie się" było w jej repertuarze.

Jason też się roześmiał, ale zaraz spoważniał. Spojrzał ukradkiem na Marcusa, po czym zdecydował się mu zaufać. Z pewnością na to zasłużył. — Carruthers powiedziała mi też, że ponieważ Philip umarł przed moją ciotką Rose i w związku ze skomplikowanym zapisem w jego testamencie, odziedziczę jego majątek. Czego bardzo, ale to bardzo nie chcę.

Marcus ułożył usta do cichego gwizdu. — Rozumiem dlaczego, ale musiał być wart miliony. Nigdy nie musiałbyś już pracować.

Jason uniósł brew. — A znasz w ogóle mnie? — odbił piłeczkę słowami, których przed chwilą użył Marcus, wywołując śmiech prokuratora.

— Nie znamy się długo, ale widzę, że nie jesteś facetem, który dobrze znosi bezczynność. I właśnie o tym chciałem z tobą pogadać, właściwie.

Jason uniósł brwi.

— Bo być może mam dla ciebie propozycję pracy.

Rozdział dwudziesty pierwszy

Dziesięć dni później

Carla patrzyła przez okno samochodu Marcusa, obserwując przesuwające się drzewa, które przerzedzały się, gdy wjeżdżali do Woodvale. Miasteczko wyglądało jak zawsze; jakoś sądziła, że po wszystkim, co się wydarzyło, będzie wydawało się inne. Ta zwyczajność wydawała się wręcz nieprzyzwoita.

FBI wciąż nie zidentyfikowało każdej kości — delikatnie jej powiedziano, że to mogą być miesiące — i było też pewne, że nikt nie odzyska kompletnego szkieletu. Brakowało zbyt wielu kości. Łączna liczba ofiar wzrosła do osiemdziesięciu pięciu; trzy kolejne ustalono dzięki badaniom DNA, czaszek tych osób nie było w jamie kości. Carla odsuwała od siebie myśl o tym, co stało się z tymi wszystkimi brakującymi kośćmi.

Zapomniała o bałaganie w swoim gabinecie, dopóki do niego nie weszła, i wtedy zdziwiła się, widząc, że wszystko zostało posprzątane. Mało tego, cały dom lśnił czystością, a gdy otworzyła lodówkę, nagle zastanawiając się, czy nie stoi tam zielone mleko, okazało się, że i tam było czysto, pachniało świeżością, a półki wypełniały świeże zakupy.

— Kto to zrobił? — zapytała Marcusa, który opierał się o framugę kuchennych drzwi i patrzył na nią z rozbawieniem.

— Dzień po tym, jak zabrali cię śmigłowcem do szpitala, pojawiło się czterech, dyskretnie czarujących, ale trochę przerażających Guàlizeanów. Przydali się wszędzie; załagodzili niejeden kryzys w miasteczku, bo robiło się dość nieciekawie przy braku biura szeryfa.

Carla skinęła głową, nagle rozumiejąc. Cały wydział został aresztowany i przesłuchany przez FBI, i chociaż tylko Allen i McCarthy mieli potwierdzone powiązania z Łowcami Ludzi, reszta wciąż była zawieszona do czasu zakończenia postępowania. Przysłano policję stanową, żeby ogarniała sprawy na co dzień, ale musiało minąć przynajmniej parę dni niemal całkowitego chaosu.

— A ci Guàlizeanie... posprzątali tutaj? — Zajrzała znów do lodówki.

— Założyli ci też nowe zamki w drzwiach. — Marcus podał jej pęk kluczy. — Opony w twoim aucie też wyglądają podejrzanie na nowe.

— Po co komu wróżka chrzestna albo skrzaty domowe? — uśmiechnęła się Carla, mając nadzieję, że kiedyś pozna swoich tajemniczych dobroczyńców, choć była pewna, że już wrócili do domu.

Marcus pożegnał się po kilku minutach, a Carla zrobiła sobie kawę i wyjęła ser oraz krakersy, nie czując się na siłach, by sklecić coś bardziej konkretnego. Później coś ugotuje. Może. Wciąż męczyła się szybciej, niż by chciała.

Pukanie do drzwi sprawiło, że westchnęła i z wysiłkiem podniosła się z krzesła. Może to Barry; mówił, że chce wpaść. Planował napisać książkę o tej sprawie, miał już zainteresowanie kilku dużych wydawnictw i poprosił Carlę, by rozważyła współautorstwo. Biorąc pod uwagę wysokość zaliczek, które już oferowano — i fakt, że odezwał się też Netflix — poważnie o tym myślała. Nawet niewielki udział zabezpieczyłby ją na całe życie.

Szarpnęła drzwi, a widok gwiazdy szeryfa na moment ją sparaliżował; odruchowo się cofnęła, gdy wspomnienie chwili, w której zastała McCarthy'ego siedzącego w jej gabinecie, uderzyło w nią z całą mocą. Uniosła wzrok i rozdziawiła usta ze zdumienia.

— Hej — powiedział Jason z ciepłym uśmiechem.

— Co... jak... *dlaczego* masz na sobie ten mundur? — wykrztusiła w końcu.

— Okazuje się, że w Woodvale pilnie potrzebowali szeryfa. — Oparł się o framugę i wzruszył jednym ramieniem w wymownym geście. — Jeśli mam zostać, będę musiał dać się wybrać, ale pełniąca obowiązki burmistrza powołała mnie tymczasowo.

— Pełniąca obowiązki burmistrza... ach. — Carla sobie przypomniała. Burmistrz był jednym z kumpli Philipa, którego aresztowano razem z resztą Łowców Ludzi. Zastępczyni burmistrza, kobieta, której Carla nigdy nie poznała, najwyraźniej przejęła stery, rozpoznała w Jasonie potencjalne rozwiązanie poważnego problemu i namówiła go, by został i przez jakiś czas pomógł.

— Sprawy są trochę skomplikowane — ujął to oględnie Jason —, ale i tak muszę tu jeszcze zostać na jakiś czas. Okazuje się, że rozdanie dużej fortuny rodzinom ofiar seryjnego mordercy jest trudniejsze, niż by się wydawało.

Carla skinęła głową. Mogła sobie tylko wyobrażać.

— A co zabawne: odkąd mojego wujka nie ma... Woodvale jest całkiem miłe. Myślałem, żeby zostać na dłużej. Miastu potrzebny jest szeryf.

W sercu Carli zapłonęła iskierka nadziei. Wpatrywała się w niego, nie wiedząc, co powiedzieć. Trudno jej było uwierzyć, że to może być prawda.

— Uświadomiłem sobie jeszcze coś.

— Tak? — Carla niemal to wyszeptała.

— Ptaszek mi doniósł, że masz lodówkę pełną składników... a ja wciąż nie ugotowałem ci tej kolacji, którą obiecałem. — Na brodzie pojawił mu się ten łobuzerski dołeczek, gdy uśmiechnął się krzywo.

— Później — powiedziała Carla, sięgając, by chwycić go za przód koszuli, wciągnęła go do domu i kopnięciem zamknęła za nimi drzwi. — Ugotujesz mi kolację... później.

EPILOG

SZEŚĆ MIESIĘCY PÓŹNIEJ

UBRANA W ODŚWIĘTNĄ, ŻAŁOBNĄ czerń, Carla podeszła i położyła na cokole wiązankę wiosennych polnych kwiatów. Na szczycie stał anioł z białego marmuru, z ochronnie złożonymi skrzydłami, a w cokole starannie wykuto osiemdziesiąt nazwisk... z miejscem na sześć kolejnych, wciąż niezidentyfikowanych ofiar Manhuntersów.

Posąg stanął na terenie dawnego domu Philipa, teraz zrównanego z ziemią i usuniętego bez śladu, a w jego miejsce wyrósł pieczołowicie pielęgnowany ogród. Dziś odbywała się szczególna uroczystość upamiętniająca — rodziny ofiar zebrały się, by poświęcić ogród pamięci swoich bliskich.

Jason stał w milczeniu, nieco z dala. To on sprawił, że wszystko to było możliwe: uparł się, by domu i działki nie sprzedawać, przekazał nieruchomość miastu i sporą część prac nad założeniem ogrodu wykonał sam, po godzinach.

Został wybrany na szeryfa bez konkurencji i zaczął budować zespół niezawodnych zastępców — kilku z nich to byli Rangerzy — którzy właśnie pilnowali kordonu dla mediów podczas tej ceremonii. Woodvale od czasu jeszcze sprzed wyjścia Carli ze szpitala było dosłownie zalane dziennikarzami i domorosłymi miłośnikami true crime, a nic nie wskazywało, by ich zainteresowanie miało osłabnąć. Jedynym wyjątkiem od zakazu dla mediów podczas uroczystości był Barry Hillsum, który sprzedał prawa do książki za siedmiocyfrową zaliczkę i właśnie prowadził serię wyważonych, poruszających wywiadów z rodzinami ofiar. Zdeterminowany, by opowieść była o ofiarach, a nie o zabójcach, cieszył się zaufaniem wszystkich rodzin, że przedstawi tę uroczystość z wyczuciem.

Carla nie zdziwiła się, gdy Jason, po tym jak wszyscy członkowie rodzin oddali hołd, podszedł i złożył własną wiązankę u stóp cokołu. Dotknął liter układających się w imię Julii Bulridge, ostatniej ofiary Manhuntersów, jedynej, o której na pewno wiadomo było, że nie trafiła do dołu z kośćmi, bo jej ciało zostawiono w ogrodzie Rose, próbując wrobić Jasona.

Carla wiedziała, że Jason zawsze będzie się obwiniał o śmierć Julii. Wciąż zdarzało mu się na głos zastanawiać, co by było, gdyby zdołał przywieźć ją żywą do miasteczka. Carla była jednak zdania, że McCarthy natychmiast zabiłby i Julię, i Jasona, bojąc się dekonspiracji, a kto wie, ile jeszcze osób mogłoby zginąć dla chorej uciechy Manhuntersów.

Jason się wyprostował i stanął przy Carli. Wsuwając dłoń w jego dłoń, uśmiechnęła się do niego, świadoma, że teleobiektywy zapewne pstrykały bez opamiętania, rejestrując tę drobną, intymną chwilę. Oboje byli bardziej niż trochę przerażeni statusem celebrytów, na jaki skazywały ich media, ale nie zamierzali udawać, że nie są razem.

Producent Netflixa, odpowiedzialny za przeniesienie tej historii na ekran, był zachwycony, że może dorzucić romans, i nawet zapytał, czy biorą ślub. Na szczęście mordercze spojrzenie Jasona szybko sprawiło, że mężczyzna się wycofał.

— Wszystko w porządku? — zapytał Jason cicho, a Carla skinęła głową, mocniej zaciskając palce na jego dłoni. — To chodźmy stąd.

Jego zastępcy trzymali media na dystans, gdy wsiedli do samochodu Jasona i odjechali, kierując się do domu Rose. Carla nie czuła się u siebie do końca bezpiecznie od czasu najścia McCarthy'ego, więc wprowadzili się razem do domu Rose. Zdarzały się dni, kiedy Carla dałaby głowę, że czuje tam obecność Rose — szczęśliwą, życzliwą, czuwającą nad nimi.

To byłby piękny dom do wychowywania dzieci. Carla położyła dłoń na brzuchu, a na jej twarzy pojawił się skryty uśmiech. Ona i Jason nie zawsze byli tak ostrożni, jak może powinni, ale nie miała zamiaru tego żałować. Planowała powiedzieć mu o wszystkim dziś wieczorem. Chciała poczekać do końca uroczystości.

— Chciałem poczekać do końca uroczystości — zaczął Jason, gdy siedzieli obok siebie na starej huśtawce na tylnym ganku Rose, patrząc, jak słońce zachodzi nad zalesionymi wzgórzami — żeby cię zapytać...

— Jestem w ciąży — przerwała mu Carla, uśmiechając się na widok jego zszokowanej miny.

— W takim razie to tym bardziej ważne — powiedział, gdy otrząsnął się z pierwszego zaskoczenia — żebym zapytał, czy rozważyłabyś, żeby to wszystko uczynić na stałe.

— Sięgnął do kieszeni koszuli i wyjął pierścionek. — I

nie tylko to. Chciałem też zapytać, czy pozwoliłabyś mi przyjąć twoje nazwisko.

Teraz przyszła kolej na Carlę, by oniemieć, ale skinęła głową, z wolna rozumiejąc. — W Woodvale było już dość Hunterów?

— Zdecydowanie za dużo.

Uśmiechnęła się do niego, sięgnęła po pierścionek i wsunęła go na palec, unosząc dłoń, by podziwiać błyski światła odbijające się od prostego, lecz olśniewającego diamentu o kwadratowym szlifie. — Tak, na oba pytania. Wyjdę za ciebie, a ty możesz raz na zawsze pożegnać nazwisko Hunter.

Objął ją ramieniem i pochylił się, by ją pocałować — miękko, czule — a pocałunek szybko stał się gorący i namiętny, aż w końcu wstała, śmiejąc się, i pociągnęła go za rękę do domu.

Drzwi z siatką trzasnęły, ich śmiech cichł, gdy przebiegali razem przez dom, a za nimi został tylko szept wiatru, który łagodnie szemrał w drzewach.

KONIEC

Oddział Ratunkowy powrócą w Misja Rangera, gdy ranny Ranger Drew Murphy przyjmie propozycję Jasona pracy w biurze szeryfa w Woodvale, lecz zanim założy mundur, zostanie poproszony o podjęcie tajnej misji. Misji, która skończy się walką Drew o własne życie... i o życie zadziornej agentki ATF, która może okazać się jego jedyną szansą na przetrwanie.

Czytaj dalej, by poznać darmowy rozdział próbny!

Misja Rangera – Przykładowy rozdział

Płaski trzask karabinu dużej mocy poniósł się echem po niskich, falujących wzgórzach. Żaden ptak nie zerwał się z sosen. Do tego hałasu zdążyły już przywyknąć.

Szkło się rozsypało; jedna z rzędu butelek po piwie, wyważonych na drewnianej belce opartej na dwóch beczkach po ropie, poszła w drobny mak.

Leżący na brzuchu na niskim wzgórzu jakieś trzysta jardów dalej Drew Murphy wypuścił przez zęby zirytowany oddech. Odsunął się od karabinu snajperskiego Barrett opartego na statywie, przetoczył na plecy i wbił spojrzenie w niebo, mocno mrugając. Obraz w prawym oku uparcie pozostawał zamazany.

Telefon zawibrował mu w kieszeni, aż podskoczył. Minęły tygodnie, odkąd ktoś dzwonił albo pisał; nosił komórkę już tylko z przyzwyczajenia. Wygrzebał ją, uniósł i zmrużył oczy, patrząc na ekran.

Dobry strzał.

Zaskoczony, przetoczył się i spojrzał z powrotem na belkę z butelkami. Zza małej chaty po prawej wyłoniła się sylwetka, podeszła do belki i obejrzała szkło rozsypane za nią, po czym odwróciła się w jego stronę i pomachała.

— Kto to, do cholery? — Pierwszym odruchem Drew było sięgnięcie po karabin i lunetę snajperską, ale się powstrzymał, wymacał zamiast tego mocną lornetkę. Po paru sekundach sylwetka oglądająca butelki wyostrzyła się w polu widzenia. — Znam cię — wyszeptał Drew, ale imię mężczyzny nie chciało mu przyjść do głowy. Jeden z jego kolegów Rangerów... *byłych* kolegów Rangerów, poprawił się, z tym bolesnym ściskiem w żołądku, który towarzyszył mu za każdym razem, gdy o tym myślał.

Czego chcesz? — odpisał na nieznany numer.

Pogadać twarzą w twarz. Przywiozłem butelki na wymianę. Pełne.

Kusiło go, żeby powiedzieć, żeby się odpierdolił, ale piwo faktycznie mu się skończyło i już się zastanawiał, czy będzie mu się chciało robić dwadzieścia mil w obie strony do miasteczka, żeby je kupić. Towarzystwo dawnego towarzysza broni nie było wielką ceną za to, by odłożyć tę wyprawę o dzień lub dwa — byle gość nie chciał się zasiedzieć.

Zejdę za chwilę, — odpisał i zabrał się do rozkładania oraz starannego pakowania karabinu.

W krótkiej drodze z powrotem do chaty, która od sześciu miesięcy była jego domem, przypomniało mu się nazwisko tamtego Rangera.

Hunter. Porucznik Hunter. Odszedł z pułku przede mną; pojechał do Guàlize z kapitanem MacAulayem.

Co on, u diabła, robi tutaj, w Idaho?

Jason Hunter z zaciekawieniem obserwował wysokiego, żylastego mężczyznę schodzącego ze zbocza. Nie znał sierżanta sztabowego Murphy'ego zbyt dobrze — Drew Murphy był snajperem, a ci zwykle trzymali się na uboczu — ale ze wszystkiego, co słyszał, Murphy był elitą nawet wśród Rangerów, czterokrotnym zwycięzcą corocznych zawodów snajperskich. To był facet, którego dowództwo wysyłało, gdy cel absolutnie, bez dwóch zdań, musiał zostać zdjęty.

Aż do dnia, gdy w środku barowej bójki, próbując uspokoić młodych rekrutów tłukących się o nic, ktoś wbił mu w prawe oko odłamaną butelkę.

Były dowódca Jasona przysłał mu raport medyczny, na podstawie którego Murphy dostał zwolnienie ze służby. Oko zostało przez wojskowych chirurgów poskładane — Jason aż się wzdrygnął na samą myśl — ale uszkodzenia były poważne. Na to oko zostało mu mniej niż 20 procent widzenia, a było to jego oko dominujące.

Murphy przyjął zwolnienie ze służby z przyczyn medycznych i zniknął z radaru, najwyraźniej lądując tutaj, prowadząc dość surowe życie i próbując na nowo nauczyć się strzelać. Jasonowi trudno było uwierzyć, że Murphy zdołał się przestawić i korzystać z lewego oka na lunecie, ale potłuczone szkło na ziemi za belką było wymownym dowodem.

— Niezły strzał — powiedział na głos, kiedy Murphy wdrapał się po ostatnich kilku stopniach do chaty.

— Spudłowałem — odparł krótko Murphy. — Celowałem w butelkę skrajnie po lewej. Trafiłem w trzecią z kolei. Pomyliłem się o cholerną stopę. — Teraz, gdy Jason był dostatecznie blisko, prawe oko zdradzało ślady urazu: różowawe blizny na policzku pod nim, a tęczówka wyglądała na mętnoszarą, w przeciwieństwie do przejrzystego błękitu lewego. Zapuszczał kudłatą brodę, a skóra była opalona i ogorzała, jakby spędzał mnóstwo czasu na zewnątrz.

— Lepiej wejdź, poruczniku — powiedział w końcu Murphy, wskazując na drzwi chaty.

Jason poszedł za nim po chwiejących się dwóch stopniach do środka, zerkając wokół i ogarniając pomieszczenie uważnym spojrzeniem. W środku nie było tak podupadłe, jak wyglądało z zewnątrz; mebli było niewiele, ale w przyzwoitym stanie, a dużą część drewnianej podłogi przykrywał tkany dywan.

Murphy ostrożnie położył futerał z karabinem na małym stoliku przed jedynym oknem, wskazał Jasonowi jedno z dwóch krzeseł. — Mówiłeś coś o piwie? — uśmiech przemknął mu po twarzy jak cień.

Jason zdjął plecak z pleców, postawił go na podłodze przy nogach i wyciągnął dwa sześciopaki.

Murphy ścisnął usta, bezgłośnie gwizdnął. — Europejskie. Trudno tu o takie i do tanich nie należą. Chyba zależy ci na czymś więcej niż pogawędka, poruczniku.

— Możesz już tak do mnie nie mówić. Nie jestem już w Rangerach.

— Pamiętam. — Murphy sięgnął po jedno z piw, otworzył i pociągnął długi łyk. — Ale robota w Guàlize mnie nie interesuje. Namaszerowałem się po dżunglach wystarczająco, dzięki.

— Nie to proponuję. — Jason się uśmiechnął. — Zresztą sam tam już nie pracuję. Teraz jestem tutaj. —

Wyjął z kieszeni skórzane etui na odznakę i przesunął je po stole.

— Szeryf Woodvale? — uniósł brwi Murphy, patrząc na odznakę. — To niedaleko stąd. Założę się, że kryje się za tym ciekawa historia.

— Zgaduję, że niezbyt śledzisz wiadomości — rzucił sucho Jason. — Mówiąc krótko, wróciłem w odwiedziny do umierającej ciotecznej babki, odkryłem, że jej syn to seryjny psychopata, a szeryf tworzył z nim szajkę polującą na ludzi.

Murphy wpatrywał się w niego z otwartymi ustami.

— To faktycznie bardzo ciekawa historia, ale nie po to tu jestem. Sam możesz wszystko doczytać. Jestem tu, bo mam problem i myślę, że możesz mi pomóc.

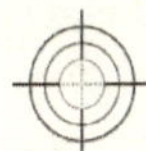

Choć Hunter twierdził, że skraca długą historię, zajęło mu dobre pół godziny, by podać dość szczegółów, żeby Drew zaczął łapać obraz całości. Wyglądało na to, że cały wydział szeryfa hrabstwa został zawieszony, kilku siedziało w areszcie, a resztę FBI drobiazgowo sprawdzało pod kątem wiedzy lub współudziału w zbrodniach Manhunterów.

— Czyli prowadzisz urząd szeryfa na słowo honoru i modlitwie? — zapytał Drew, mniej więcej w połowie trzeciego piwa.

— I dzięki masie oddelegowanych funkcjonariuszy z innych stanów i służb oraz kilku emerytowanym Rangerom, którzy usłyszeli o moim problemie i w zasadzie sami się zgłosili. Tak.

— A na mnie patrzysz jak na jednego z tych emerytowanych Rangerów i stwierdzasz, że jeśli sam się nie zgłoszę, to mnie zwerbujesz?

Hunter się uśmiechnął i pociągnął łyk swojego piwa — otworzył tylko jedno i sączył je. — W gruncie rzeczy — tak. Wygląda na to, że i tak już tu mieszkasz. A moim zdaniem wystarczająco długo się użalasz przez to oko.

— Fochy?! — Drew'owi aż krew uderzyła do głowy; walnął butelką z powrotem o stół.

— Tak. — Hunter patrzył twardo. — Obaj znaliśmy wielu, którzy w ogóle nie wrócili, albo wrócili z większymi ubytkami niż ty. Mam w wydziale dwóch, którym brakuje nogi. Więc już nie trafiasz w dziesięciocentówkę z pół mili. I tak strzelasz lepiej niż większość gości próbujących ustrzelić jelenia. Przestań siedzieć na tyłku, użalać się nad sobą i usiłować odzyskać coś, co nawet gdyby ci się udało, do niczego ci się już nie przyda.

— Jesteś kiepskim terapeutą, Hunter — rzucił Drew, gdy odzyskał oddech.

Uśmiech Huntera był krzywy. — Wybacz, stary.

— W porządku. Szanuję gościa, co strzela prosto i mówi prosto z mostu. Mówisz, jak widzisz.

— No. — Hunter wziął kolejny łyk piwa, oczy miał czujne. — Jesteś zainteresowany?

Od dawna Drew nie czuł nic poza frustracją i apatią. Zastępca szeryfa w małym hrabstwie na północy Idaho — tego sobie nie wyobrażał, ale na samą myśl poczuł, jak budzi się w nim ciekawość.

— Może. Kiedy chciałbyś, żebym zaczął?

*Chcesz wiedzieć, co będzie dalej? Sięgnij po **Misja Rangera** już teraz!*

Poznaj wszystkie publikacje Shenanigans Press, odwiedzając naszą stronę internetową, https://www.shenaniganspress.com/pl!

Możesz też obserwować nas w mediach społecznościowych – jesteśmy na Facebooku i Instagramie (@ShenanigansPressPolska)

I nie zapomnij zapisać się do naszego newslettera, aby otrzymywać informacje o nowościach, promocjach, konkursach i wiele więcej!